rororo

Zu diesem Buch

Wie landen Fliegen auf der Zimmerdecke?
Was ist jenseits von Gut und Böse?
Wo fängt Süddeutschland an?
Wo genau liegt der Hund begraben?
Was ist der Trick 17?
Diese und weitere brennende Fragen hat Barbara Häusler in der *taz* gestellt. Die Löschversuche der Leser speisen sich aus allen Quellen des zeitgenössischen Wissens und Philosophierens. Für alle, die noch nicht alles wissen, und für die, die alles zu wissen glauben.

Barbara Häusler, geboren 1958, war *taz*-Redakteurin in den Ressorts Wahrheit und Medien und von September 1997 an für die »Letzten Fragen« zuständig.
Barbara Häusler ist Mitherausgeberin des Bandes »Macker! Schlampe! Heuchlerbande! Die Leserbriefschlachten in der taz« (rosach 60786).

Barbara Häusler

Was tut der Wind, wenn er nicht weht?

Letzte Fragen und erste Antworten

Rowohlt Taschenbuch Verlag

Veröffentlicht im Rowohlt Taschenbuch Verlag GmbH,
Reinbek bei Hamburg, März 2001
Die Originalausgabe erschien 1999 im Transit Buchverlag, Berlin,
unter dem Titel »Letzte Fragen«

Umschlaggestaltung Susanne Heeder
Innenlayout Gudrun Fröba
Gesamtherstellung Clausen & Bosse, Leck
Printed in Germany
ISBN 3 499 60681 X

Inhalt

Vorwort

Fragen sind eine ziemlich merkwürdige Angelegenheit. Selbst wenn einem zuweilen dämmert, daß es unendlich viele davon gibt, kann man diesen meist leicht elegisch angehauchten Schauder beruhigt zur Seite wischen: Man hat sie ja schließlich nicht. Zum Glück. Trainiert vom Wasistdas? und Warum? der Kleinkindzeit, ist man vielmehr gründlich geübt, das Fragen zu strukturieren und zu reduzieren, weil man ansonsten leider verrückt würde – von den vielen Fragen. Und von den vielen Antworten natürlich auch.

Der durchschnittlich fragebegabte und -freudige Mensch hat es sich deshalb in der hübsch pragmatischen Einsicht bequem gemacht, daß eine Frage nur dann eine gute Frage ist, wenn es auch eine gute Antwort darauf gibt. Der Rest, sagt der Pragmatiker, ist Grübelei. Das ist nun aber ein bißchen gemein gegenüber den Fragen. Denn obwohl sie letztlich alle auf eine Antwort aus sind, ist das durchaus nicht ihr einziger Daseinszweck. Fragen haben Eigenschaften. Und damit Ziele jenseits einer simplen Antwort. Mit Fragen kann man beispielsweise wunderbar Leute zur Verzweiflung treiben. Das wird auch der Pragmatiker zugeben müssen.

Beim Fragen muß sich der Frager zunächst einmal entscheiden, ob er a) etwas bestätigt oder b) etwas erklärt haben möchte. Bestätigungssuchende Fragen (»Haben Sie Bier?«) führen meistens auf das hier zu vernachlässigende Feld der einfachen Ja-Nein-Antworten – aber keineswegs immer (»Ist der Typ nicht süß?«). Für die Erklärungssuche ist es dagegen unerläßlich, seine Frage mit einer Eigenschaft auszustatten. Hier hat der Frager die Qual der Wahl. Denn außer, sagen wir: vollschlank, kann eine Frage alles sein. Und womöglich auch das noch.

Machen wir es kurz. Fragen können sein: neugierig (»Ehecht?«), hinterhältig (»Wie findest du die Kelly Family?«), lebensrettend (»Wo sind Ihre Tropfen?«), notwendig (»Soll ich dir eine knallen?«), indiskret (»Ist Ihr Busen echt?«), erlaubt (»Möchtest du mein Eis haben?«), unerlaubt (»Kann ich dein Eis haben?«), komisch (»Sind heilige Kühe evangelisch oder katholisch?«), tödlich (»Müssen wir das jetzt wirklich diskutieren?«) oder einsichtig, abseitig, unverschämt, irritierend – und das ist noch längst nicht alles, aber doch schon ziemlich beeindruckend. Nein?

Dann gibt es natürlich noch dumme Fragen (»Wie konnte das denn jetzt passieren?«) und falsche Fragen (»Kann mal jemand die Tür zumachen?«). Zu letzteren zählt unbedingt auch die häufig gehörte Selbstbezichtigung »Wie blöd kann man eigentlich sein?« – denn das ist eine rein rhetorische Frage, das heißt, man kennt die Antwort schon.

Kommen wir zu den Letzten Fragen. Unter Letzten Fragen versteht der einschlägig gebildete Mensch solche nach der Ewigkeit, Gott und dem Jüngsten Gericht. Der pragmatisch veranlagte Durchschnittsfrager – der sich diesen Dimensionen schon aus purem Selbstschutz verweigert und sich höchstens an Weihnachten oder beim Blick in den sommerlichen Sternenhimmel derartigen Zumutungen stellt (s.o.) – versteht dagegen unter Letzten Fragen schlicht all das, was er nicht versteht, aber unbedingt verstehen will, bzw. all das, was er nicht weiß, aber unbedingt wissen will.

Letzte Fragen sind, mit dem Pragmatiker gesprochen, also die letzten wirklich drängenden Fragen. (Weshalb uns der Pragmatiker plötzlich gar nicht mehr so blöd vorkommt wie am Anfang.) Letzte Fragen entstehen in einem von rätselhaften

Phänomenen umstellten Alltag, den wir in der Regel frag- und klaglos hinnehmen, bis ein kleines, zufälliges, zunächst eigentlich unbedeutendes Ereignis oder eine Beobachtung diese scheinbare Selbstverständlichkeit außer Kraft setzt – und eine Frage produziert. (Auf diese Weise entstand bekanntlich so etwas Vernünftiges wie die Dampfmaschine.)

Derartige Fragen quälen nun natürlich viel mehr als die nach dem ewigen Leben, weil sie den langen ruhigen Fluß des gegenwärtigen Lebens stören: Wie konnten die Römer mit ihren Buchstaben überhaupt vernünftig rechnen? Warum sind längliche Luftballons viel schwerer aufzublasen als runde? Was ist besser: in einem schönen Haus zu wohnen und auf ein häßliches zu gucken oder das Gegenteil?

Das sind die wirklich drängenden, also Letzten Fragen unseres Lebens. Individuelle Fragen, die sich aus dem Leben selbst ergeben, die man höchstens mal verschämt im engsten Freundeskreis zu stellen wagt. Fragen, von denen andere vielleicht noch gar nicht wissen, daß sie sie auch haben.

Dieser Einsicht verdankt sich die Einführung der Rubrik »Letzte Fragen« in der taz. In ihrer seit September 1997 erscheinenden Wochenendbeilage »taz-mag« schuf sie auf deren letzten Seite ein Forum, in dem Leserinnen und Leser ihre brennendsten Letzten Fragen stellen können, um von anderen Leserinnen und Lesern endlich Antworten darauf zu erhalten.

Die Beteiligung an diesem Forum war und ist überwältigend. Im Durchschnitt erreichen die Redaktion wöchentlich gut zwanzig Letzte Fragen und bis zu einhundert Antworten. Was die Auswahl nicht leicht macht und zu bisweilen verblüffenden Erkenntnissen führt. Wer hätte beispielsweise ahnen können, daß eine so existentielle Frage wie »Was ist jenseits von Gut und Böse?« nur einen einzigen Antworter auf den Plan rief, die Fragen nach den Grenzen Süddeutschlands oder nach dem Namen eines Abflußreinigungsgerätes dagegen von geradezu nationaler Bedeutung zu sein scheinen? Letzte Fragen – und erste Antworten.

Und so soll hier allen gedankt werden, die mit ihren Fragen und Antworten die allgemeine Bewußtwerdung einiger ewiger Menschheitsrätsel bewirkt haben – auch jenen, deren Beiträge aus Platzgründen in dieser Auswahl keine Berücksichtigung gefunden haben.

Barbara Häusler, Berlin, im Februar 1999

Was wiegt Hamburg ?

Hamburg wiegt 8.773.407,7 Gt (Gigatonnen = Milliarden Tonnen). Davon entfällt der überwiegende Teil auf das Erdreich, welches sich unterhalb der Erdoberfläche, entlang der Lotlinien der Stadtgrenze bis zum Erdmittelpunkt hin befindet, nämlich 8.773.359,5 Gt. Erstaunlich schwer ist auch die sich oberhalb Hamburgs ausdehnende Luftsäule, die immerhin 11,6 Gt auf die Waage bringt. Bescheiden nehmen sich dagegen die Gewichte der Wasserflächen mit 0,5 Gt und der Gebäude mit 0,1 Gt aus. Praktisch vernachlässigbar sind die Werte für Autos (0,001 Gt), Pflanzen (0,0007 Gt), Tiere (0,0001 Gt) und Menschen (0,0001 Gt).

Hans J. Pfeiffer, Bremen

Die Frage ist relativ unpräzise gestellt, da nicht klar ist, ob unter Hamburg nur die Bauten und der Grund oder auch die HamburgerInnen zu verstehen sind. Wenn die HamburgerInnen mit zum Gewicht von Hamburg gezählt werden, müßte Hamburg im Vergleich zum letzten Jahr mindestens die fünf Kilogramm mehr wiegen, die ich seitdem zugenommen habe. Allerdings habe ich versucht, diese Gewichtszunahme auszugleichen, indem ich einen Haufen alter Bücher (ca. 5 Kilogramm) auf einem Flohmarkt in Neumünster, Schleswig-Holstein, verkaufte. Summasummarum wiegt Hamburg also immer noch soviel wie im letzten Jahr.

Gerrit Wiebe, Hamburg

Ich finde die Frage komisch formuliert! Entweder sollte es heißen: »Wer wiegt Hamburg?«, und da wüßte ich im Moment niemanden, der das könnte. Oder es heißt: »Wieviel wiegt Hamburg?« Dazu eine kurze Überschlagsrechnung: Ein Hamburger wiegt maximal 125 Gramm (der berühmte Viertelpfünder), ohne das »Drumherum«. Bei großzügig gerechnet 2 Millionen Hamburgern wären das nicht mal 250.000 Kilogramm oder 250 Tonnen (wieder ohne das »Drumherum«) – weniger als der Kölner Dom! Hamburg ist also gar nicht so schwer.
Willi Stricker, Köln

Hamburg wiegt München wieder auf!
Claudia Wegner, Bielefeld

Maßgeblich für das Gesamtgewicht Hamburgs ist die Frage, wie weit Hamburg unter die Erdoberfläche reicht. Pauschal könnte zu einer Annäherung an die Masse Hamburgs Gesamtfläche von 754,7 km² als Grundfläche einer Pyramide mit Spitze im Erdmittelpunkt verwendet werden. Jedoch definiert das Bergrecht für abbauwürdige Bodenschätze eine Oberhoheit des Bundes, d.h. Hamburgs Einfluß würde dort enden. Aber welche Bodenschätze befinden sich unter Hamburg, und welche Fläche nehmen sie ein? Die Antwort ist 42, doch wie war die Frage?
Jürgen D. Müller, Hannover

Eine Annäherung bietet ein Vergleich der drei größten deutschen Städte. Im bierbäuchigen München fallen besonders die männlichen Bewohner ins Gewicht. Doch wird Berlin durch den Einzug der Regierungsbäuche, die bisher nur den Staat verschlanken wollen, München bald überholen. Hamburg hat alles versucht: Bei gleicher Ausdehnung wie Berlin, ist seine Einwohnerzahl doch deutlich niedriger.
Dieser komfortable Abstand sollte gewährleisten, daß Hamburg nicht die schwerste Stadt der Republik sein müsse. Man überflutete große Teile der Stadt und stellte sie sogar mit Wäldern zu, um die Ansiedlung menschlicher Kalorienbomben (Pfeffersäcke!) zu verhindern. Der Speckgürtel umwickelt die Stadt daher jenseits ihrer Grenzen in Form von Landkreisen. Viele HamburgerInnen beteiligten sich an der Diät der Stadt, um nur nicht die schwerste der Republik sein zu müssen: Nirgendwo sind die Menschen so schlank wie in Hamburg – die Stadt ist ein Laufsteg.
Genützt hat es nichts. Und schuld ist die Elbe. Sie mäanderte Hamburg zum fünftgrößten Hafen der Welt. Tag für Tag verschlingt die Stadt so viele dicke Pötte, daß sie nun doch die molligste im Lande ist.
Achim Borowski, Heidelberg

Die Frage stellte Burger Voß, Hamburg

Wird man von Rotwein schneller bzw. anders betrunken als von Weißwein ?

Daß man tatsächlich von Rotwein viel schneller besoffen wird, hängt damit zusammen, daß sich der Weißwein in die weißen Blutkörperchen einschmuggelt und der Rotwein in die roten. Die roten wissen dann nämlich nicht mehr, wo sie hinschwimmen sollen. Sie sind zwar durch den ständigen Weingenuß ihres Arbeitgebers gewarnt, erkennen den Rotwein aber nicht – ist ja auch rot. Eine unlängst abgeschlossene (empirische) Suff-Forschung besagt, daß die roten Blutkörperchen beim Rotwein denken, andere (befreundete) Kollegen kommen zu Besuch. Tür und Tor sind dann weit offen – und schon haben wir den Salat und torkeln durch die Gegend.
Die weißen Blutkörperchen helfen in einer solchen Situation natürlich nicht – wegen der Konkurrenz. Sie haben sich im Laufe der Jahre an den Weißwein gewöhnt, sind teilweise resistent geworden gegen dessen Wirkung. Ein eigens konzipiertes Notaggregat weist ihnen im Falle des Falles den Weg. Dieses System funktioniert aber auch nicht immer.
Beim Rosé ist alles noch viel komplizierter. Aber die Leute trinken sowieso viel weniger Rosé.

Peter Sonnenbach

Ja, »Mann« wird anders von Rotwein betrunken als von Weißwein. So schätzte schon Goethe, als er sich – ganz im Geiste der antiken »Sinnbejahung« – die junge Christiane Vulpius ins Haus holte, die libidosteigernde und vor allem -verlängernde Wirkung des Rotweins. Und Wilhelm Busch stellte unumwunden fest: »Rotwein ist für alte Knaben eine von den besten Gaben.«

Uta Eckensberger, Saarbrücken

Die Geschwindigkeit und der Grad der Betrunkenheit ist direkt proportional der konsumierten Weinmenge je Zeiteinheit, dem Alkoholgehalt des Weines und der individuellen Alkoholresistenz, die wiederum vom Körperbau abhängt und von Trinkgewohnheiten. Rotwein und Weißwein unterscheiden sich in ihren zentralnervösen Wirkungen grundsätzlich nicht, wohl aber nach ihren schädlichen, winzerbedingten und EWG-konformen Zusatzstoffen.

Dr. Uwe Wolff, Berlin

Die Frage stellte Matthias Thieme, Berlin

Wie intelligent sind Computer ?

Legen Sie Ihrem PC einen gewöhnlichen IQ Test vor – und warten Sie ab, was passiert!

Andreas Hahner, Brigitta Steuer, Köln

An den Fehlermeldungen können wir erkennen, daß Computer nicht intelligent sind. Sie stimmen nämlich häufig gar nicht. Aber da sie oft kryptisch daherkommen, sieht es so aus, als ob Computer intelligent wären und wir die Doofen.

Das liegt daran, daß wir dazu neigen, die Maschine zu vermenschlichen. Wir wollen, daß sie unser Ebenbild ist. Sie soll mit uns kommunizieren wie ein Mensch. Wenn jemand so schnell rechnen kann wie ein Computer, dann kann er nur intelligent sein. Doch wenn man bedenkt, daß ein Computer im Grunde genommen immer nur Null und Eins »denken« kann und der Rest Programmierkunst (inkl. Stromzufuhr) ist, wird uns klar: Computer sind intellektuelle Nullen.

Tamara Multhaupt, Berlin

Computer sind auch nicht schlauer oder tun mehr als eine Glühbirne. Ohne Bildschirm geben sie sogar weniger Licht, verbrauchen aber mehr Strom. Intelligent an Computern ist die Geschäftsidee, daß sie, einmal gekauft, bereits hoffnungslos veraltet sind und man für fast alle komplexeren Erledigungen digital viel mehr Zeit benötigt als analog, zumal ja auch andauernd die neuesten Programme genutzt werden wollen. Mit anderen Worten, wenn die Menschheit viel mehr Dinge mit Computern erledigen würde, gäbe es bald keine Arbeitslosigkeit mehr. Von wegen »Rationalisierung«.

Paul Plattner-Wodarczak, Münster

Computer sind abgrundtief dumm, was noch einmal bestätigt wurde, als ich nach Verfertigung eines literaturkritischen Elaborats den meinen um Überprüfung der Rechtschreibung bat und er das Wort »Obsession« durch »Obstessig« ersetzt haben wollte. Doch als er statt »Seinsweise« das im Wortschatz eher seltene »Sedimentgestein« vorschlug, dämmerte mir, daß dahinter mehr stecken mußte.

Wollte er meine pseudointellektuellen Flatulenzen auf eine materialistischere Basis hieven? Wollte Freud im Grunde nur über die wohltuende Wirkung von Obstessig aus ganzen Äpfeln schreiben? Oder war der mit dem schnöden Anglizismus benannte PC (hebräisch aber »machschew« = »Denker«) im Gegenteil auf der Suche nach Subtexten von höherer Sinnhaftigkeit gar imstande, jene Wand zu durchstoßen, welche die Grenzen unserer Erkenntnisfähigkeit markiert? Eröffneten sich hier neue Möglichkeiten zur Deutung unserer Klassiker? Verbergen sich hinter scheinbaren Gebrauchstexten Formeln, die erklären, was die Welt im Innersten zusammenhält? Will uns der Computer, der um all dieses weiß, Fingerzeige zukommen lassen, und sind wir zu dumm, sie zu verstehen?

Immer wenn ich auf den Power-Knopf drücke, befällt mich seitdem ein leichtes Grauen.

Rainer Kornberger, Bremen

Dieses Szenario kennt wohl jeder, der mit Computern arbeitet: Man schreibt z.B. einen Brief, formatiert, druckt, korrigiert, und plötzlich – blauer Bildschirm, »Unbekannte, nicht erwar-

tete allgemeine Schutzverletzung« o.s.ä., Computer steht, alles weg. Nach dem Neustart kann man dasselbe noch einmal versuchen, wieder Absturz, Neustart und so weiter. Das ließe sich unendlich fortsetzen. Programmierer nennen so etwas »reproduzierbar« und freuen sich, wieder einen Programmfehler gefunden zu haben. Aber sollte nicht eine Maschine, die auch nur einen Funken Intelligenz besitzt, irgendwann merken, daß etwas faul ist, und es einmal anders versuchen?
Nein, solange Computer noch nicht einmal in der Lage sind, ihre eigenen grundlegenden Probleme auch nur wahrzunehmen, ist schon die Bezeichnung »künstliche Dummheit« stark übertrieben. Solche Maschinen besitzen nicht mehr Intelligenz als ein Toaster. Wenn jetzt jemand einwendet, daß Toaster nicht so tolle 3D-Animationen herstellen können – na und? Können Computer etwa Brot rösten?
Olaf Frohn

Sehr häufig muß ich feststellen, daß es zu extrem unlogischen Schritten sowie zu Grenzen der Kooperation seitens des Computers kommt, die kein Programmierer gewollt haben kann und die auch nicht auf die Benutzerin oder das Material geschoben werden können.
So entstand bei mir etwas wie Nachsicht, Geduld und Verständnis, also Gefühle, die ich ansonsten für »mangelhafte« Menschen reserviert halte, und die mir – in ihrer Häufung – von einem anderen Gebiet her sehr vertraut sind: Es ist der Umgang mit dem MANN, denn auch hier habe ich schon lange nicht mehr den Anspruch, alles nachvollziehen oder gar verstehen zu können.
Entspricht das Programmieren von Computern der Sozialisation von Menschen? Wenn ja, dann müssen wir uns fragen:

Wer programmiert den Computer? Sind es nicht primär – oder gar ausschließlich – Männer, und werden wir das Wie je erfahren? Dann ist der Computer so intelligent wie ein Mann, und damit wäre die auffallende Ähnlichkeit meiner Gefühle zu diesen erklärt.

Susanne Glaubrecht, Köln

Computer sind nicht intelligent und können es vom Prinzip her nicht sein! Computer arbeiten streng digital/deterministisch – Begriffe wie »vielleicht«, »kommt ganz drauf an, in welcher Stimmung ich b in« oder »ein bisserl mehr wär' nicht schlecht« kann kein Computer! Die vielgelobte FUZZY LOGIC oder die KÜNSTLICHE INTELLIGENZ (besser: gekünstelte Intelligenz) simulieren (!) diese Verhaltensweisen anhand mathematischer Modelle unter erheblichem Einsatz von menschlicher Intelligenz (nämlich der des Programmierers) und des Computers hoher Rechenleistung.

Volker Goller, Aachen

Wie schon vielfach angedeutet, sind sie eigentlich ganz und gar nicht intelligent, weil sie völlig deterministisch arbeiten. Tun sic dies einmal nicht, so bezeichnet man das in der Regel nicht als »intelligent«, sondern als »kaputt«.

Matthias Krings, Bonn

Die Frage stellten Stephan und Sebastian Bowe

Wie heißen die drei Zehen zwischen dem großen und dem kleinen Zeh ?

Schorsch, Heinz und Dieter.
Lorenz Ritter, Hamburg

Edgar, Henning und Max.
Katja Franz, Marburg

Diese Zehen heißen zweite, dritte und vierte Zehe.
Oliver Bachmann, Düsseldorf

Ganz einfach: Daumenzeh, Zeigezeh, Mittelzeh, Ringzeh und kleiner Zeh.
Benthe Stahl (4 Jahre), Groß-Umstadt

Die drei mittleren Zehen heißen Müller, Maier und Schulze. Die Seitenzuordnung geschieht über die Verknüpfung mit dem Vornamen des betreffenden Fußes, der zweckmäßigerweise mit R bzw. L beginnt. Je nach Geschlecht der Besitzerin bzw. des Besitzers tragen die Füße weibliche oder männliche Vornamen. Der zweitgrößte Zeh am linken Fuß einer Frau würde also beispielsweise Linda Müller heißen, der mittlere Zeh am rechten Fuß eines Mannes Roberto Maier.
Dieses System hat sich in der Praxis gut bewährt. Es gab Fälle, in denen einzelne Mittelfußknochen ebenfalls Eigennamen verlangten. Hier ließ sich die fußinterne Harmonie mittels sorgfältiger Diplomatie aber recht schnell wiederherstellen.
Uli Erth, Hamburg

Diese Zehen haben überhaupt keinen Namen, da sie für nichts Spezifisches gebraucht werden. Man zeigt mit ihnen weder auf andere Menschen (wie im Fall des Zeigefingers), noch stülpt man sich Ringe darüber (eine solche Mode steht noch aus). Da diese drei Zehen sowenig belastet und von der großen und der kleinen Zehe schützend flankiert werden, sehen sie bei den meisten Menschen wenig ramponiert aus. Sie sind eigentlich überflüssig, aber eben nicht so überflüssig, daß der menschliche Schritt ganz auf sie verzichten könnte. Namenlos tun sie ihr Werk. Sie sind Mitläufer. Kein Grund, sie deswegen zu amputieren, wohl aber sollte man sie aufmerksam im Blick behalten (und sei es nur beim Nägelschneiden).

Dr. Jürgen Bräunlein, Berlin

1. für den Hausgebrauch:
Der mittlere Zeh heißt der mittlere Zeh, der Zeh neben dem großen Zeh heißt der Zeh neben dem großen Zeh, und der Zeh neben dem kleinen Zeh heißt der Zeh neben dem kleinen Zeh. Alle drei mittleren Zehen zusammen heißen die drei mittleren Zehen.
2. zur medizinisch-wissenschaftlichen Verwendung:
Die Zehen sind wie die Finger, beginnend mit dem großen von D I (de eins) bis D V (de fünf) römisch durchnumeriert, wobei D für digitus steht (Plural: digiti; lateinisch: Finger bzw. Zeh). Die mittleren Zehen sind also die digiti II bis IV. Eine Prellung des Zehs neben dem großen Zeh des rechten Fußes heißt also beispielsweise eine »Prellung D II, re. Fuß«.

Dr. med. Franjo Grotenhermen, Köln

Die Frage stellte Christina Kugler, Berlin

Warum ist das Böse interessanter als das Gute ?

Im Film ist das ganz einfach: Wenn wir einen bösen Menschen sehen, hoffen wir, daß er sich irgendwann bessert, und diese Entwicklung zu beobachten macht Spaß. Wenn wir aber einen guten sehen, und der wird böse, dann ist das nicht so erfrischend.

Luke McBain, Regisseur

Die Menschen finden das Böse so anziehend, weil sie – so gut das Gute auch sein mag – das Gute irgendwann einmal überhaben. Schließlich verlangt es mehr von uns, Gutes zu tun, als sich dem Bösen hinzugeben. Deswegen hält man auch insgeheim zu den Bösewichtern, weil sie moralische Entlastung von der Forderung bieten, Gutes zu tun.

Norbert Mallik, Bad Dürrheim

»Gut« und »Böse« sind moralische und damit sinnlose Kategorien. Wir ersetzen sie daher durch »Gut« und »Schlecht«, im Sinne von »Günstig« und »Ungünstig«. Außerdem ist das Seltene, Neue interessanter als das Häufige, Bekannte. Nun richten sich die Menschen die Welt nach Möglichkeit so ein, daß sie »funktioniert«, und deshalb tut sie es auch meistens. Die meisten Menschen werden nie bestohlen oder ermordet usw. Darum interessiert es die Menschen, wenn etwas nicht funktioniert. Das Schlechte ist also interessanter, weil das Gute öfter vorkommt.

Norbert Wingender, Karlsruhe

Dem Bösen ist generell die Aufmerksamkeit sicher, weil es von dichotomen Wesen wie uns Menschen als Störung einer idealen (»guten«) Existenzweise gesehen und erfahren wird. Da dies bereits eine fehlerträchtige Sichtweise sein muß, widersetzt sich das Böse nicht nur vehement, sondern reproduziert sich sogar beim Versuch, es aufzulösen. Daher gleicht das Lösen des Bösen als Problem einer Sisyphusarbeit, solange wir es nicht als Teil des Ganzen verstehen lernen, d.h. es zu lieben. Denn geliebt werden will das Böse. Dies beweist sein bedürftiges Absaugen von Energie via Aufmerksamkeit (Interesse) und Problemlösungsversuchen.

Reinhard Vanoni, Augsburg

Das Böse, nun, es ist zugleich das Ominöse. / Wird es entdeckt, entsteht Getöse, daß sich da jemand löse / von den Regeln aller Guten, die sich darauf spornstreichs sputen / den Nicht-immer-wirklich-Guten ihre Ruten zuzumuten.

Frank Schröter, Göttingen

Die Frage stellte Wolfgang Rebitzki, Richter am Bundesgerichtshof i.R.

Wie herum soll man Klopapierrollen aufhängen: so, daß sie nach vorne abrollen oder nach hinten zur Wand?

Kommt ganz darauf an. Darauf nämlich, ob man eine Rolle gekauft hat, die entweder gern Vorwärts- oder lieber Rückwärtsrollen macht. Beide Rollentypen legen akkurat das Kinn auf die Papierbrust, dann jedoch mögen die einen es, auf den puscheligen Toilettenteppich nach vorn abzurollen, die anderen hingegen nach hinten zur Wand. Letztere sind gewandter, nicht aber scheu, sondern ebenso mutig wie die »Vorwärtsrollen«! Eine entscheidende Rolle spielt auch die Größe des Bades, denn die ausgelassenen »Vorwärtsrollen« brauchen Raum, wenn sie Purzeli quer durchs Bad machen und sich dabei nicht stoßen sollen. Die »Rückwärtsrollen« indes jauchzen, wenn sie durch den sanften Druck der Wand zum Stehen gebracht werden.

Claudio Gutteck, München

Klopapierrollen sollte man grundsätzlich immer nach vorne abrollen können. Erstens ist das abzureißende Papierende so bis zu zehn Zentimeter (bei voller Normalrolle) näher am Benutzer, Kinder und andere kleine Menschen müßten andernfalls möglicherweise den Sitz verlassen. Das ist nicht nur aus Bequemlichkeitsgründen unangenehm. Zweitens haben viele Klorollenhalter einen Andruckdeckel, der ein zu schnelles Abrollen des wertvollen Putzgutes verhindern soll. Hängt man die Rolle nun mit dem Abreißende zur Wand auf, arbeitet dieser Deckel entgegengesetzt zur Ziehrichtung, was das Herausziehen des Papiers unnötig erschwert und zu vorzeitigem Abreißen führen kann. Außerdem werden die einzelnen Papierlagen mehrlagigen Toilettenpapiers so stärker auseinandergeschoben, was manchmal zu langwierigen Bastelarbeiten führt. Drittens stehen viele Klos im Badezimmer, dessen Wände durch die dort herrschende hohe Luftfeuchtigkeit leicht beschlagen, und das verkehrt herum (!) hängende Papier wird naß.

Christoph Hobohm, Köln

Die sehr hilfreichen Ausführungen von Christoph Hobohm zur Abrolltechnik lassen sich durchaus auch theoretisch untermauern. Bedenkt man nämlich den direkten Zusammenhang zwischen Wickelweise und Geschäftserfolg, so geraten die Wandroller durch die mechanischen Begriffe der »Selbsthemmung« und »Kerbwirkung« ins Hintertreffen. Selbsthemmung tritt ein, wenn das Hygiene-Tissue gen Wand gezerrt wird und sich dadurch die Lippe besagten Andruckdeckels reibend in die Papierrolle beißt. Die Folge: Es klemmt! Der unbeirrte Wandreißer verwirkt sein besseres Los vollends durch entnervtes Weiterziehen. Denn die Kerbwirkung tut jetzt ihr übriges an den perforierten Stellen. Ergebnis: Es reißt! Und das nicht an der dafür vorgesehenen, sondern an beliebiger Stelle. Man erhält also nutzlose Fetzen unvorhersehbarer Länge. Daher mein Tip für entspannten Stuhlgang: Vorwärtsrollen ist besser!

Steffen Staus, Duisburg

Um Godswuin, Klorollen hängt man doch nicht auf! Die werden auf die Hutablage des Autos gelegt und erhalten ein handgehäkeltes Häubchen, damit sie im Winter nicht frieren und im Sommer keinen Sonnenstich bekommen.
Johann Jakob Weinzierl

Alles hängt davon ab, welchem Grundtyp man angehört. Man unterscheidet Knitterer und Falter. Wenn man sich zum Falten bekennt, ist es vorteilhaft, die Klopapierrolle so aufzuhängen, daß sie nach vorne abrollt, weil sich die einzelnen Blätter so leichter und akkurater an der perforierten Kante abtrennen und zusammenlegen lassen. Ist man dagegen bekennender Knitterer und benutzt lieber ein Papierknäuel, ist es egal, wie herum man Klopapierrollen aufhängt.
Alexander Gumbert, Herborn

Die Frage stellte Willi Stricker, Köln

Wo genau liegt der Hund begraben – und woher weiß man das überhaupt?

Der Hund liegt in Hoya begraben – und jeder, der mal da war, weiß warum.

Rebekka Fuhrmann, Asendorf

Viele Gemeinden, die den Hund im Namen führen, behaupten, im Besitz des wahren Hundegrabes zu sein, das in der Presse schon zum »Grabmal des unbekannten Hundes« hochstilisiert wurde. So liegen besonders die Gemeinden Hundebusch, Hundehagen, Hundeluft, Hunden, Hundheim, Hunding, Hundsbach und Hundshausen in jahrelangem Streit darüber, wer sich nun offiziell mit dem Titel »Stadt, wo der Hund begraben liegt« schmücken darf. Die Gemeinden, die naturgemäß in strukturschwachen Gebieten liegen, erhoffen sich durch diesen werbewirksamen Slogan einen enormen Anstieg des Fremdenverkehrs. Allerdings ist die vom Bund mit beträchtlichen Mitteln ausgestattete neutrale Gutachterkommission zur Findung des legendären Hundegrabes noch zu keinem Ergebnis gekommen.

Gerhard Drexel, Berlin

Der Hund liegt meinem Augenschein nach sogar mehrfach auf dem dog cemetry der künstlichen Stadt Pontmeirion (Wales) begraben, wie Grabinschriften der Art »Billy – the one and only« etc. eindeutig belegen. Daß dabei anscheinend auch einige ganz ordinäre Vierbeiner verscharrt wurden (»Sally –

our dear standard poodle«), kann m.E. die Bedeutung dieses Ortes kaum schmälern.
Florian Grammel, Bonn

Da, wo man nicht tot überm Zaun hängen will. Und weil da keiner hin will, ist es bisher unbekannt, wo der Hund begraben wird.
Matthias Karger, Hamburg

Der Hund liegt in Gubbio, Umbrien, begraben. Man kann seine Ruhestatt besichtigen. Erst war der Hund ja bekanntlich ein Wolf. Der heilige Franz von Assisi hat dann so lange mit ihm geredet, bis er ein heiliger Hund wurde. Die Erzählungen hierüber sind mündlich überliefert. Den toten heiligen Hund habe ich aber mit eigenen Augen gesehen.
Michael Milbradt, Berlin

Eine ganz heiße Spur scheint Helmut Haensle aufgespürt zu haben. Der Titel seiner 74-seitigen Studie: »Sag mir, o Hund – wo der Hund begraben liegt. Das Grabepigramm für Diogenes von Sinope; eine komparative literarisch-epigraphische Studie zu Epigrammen auf teriphoren Namensträgern« (Hildesheim u.a. 1989). Also wenn's da nicht drinsteht, dann weiß ich auch nicht mehr …
Thomas Keil, Würzburg

Wie bitte aus nachfolgendem Gedicht zu ersehen, war Palma Kunkel bereits dort, und Christian Morgenstern hat in seinen »Galgenliedern« davon berichtet:
»Das Grab des Hunds. // Gestern war ich in dem Tal, / wo der Hund begraben liegt. / Trat erst durch ein Felsportal / und dann, wo nach links es biegt. // Vorwärts drang ich ungestört / noch um ein Erkleckliches – / Ist auch niemand da, der hört? / Denn nun tat ich Schreckliches: // Hob den Stein, auf welchem steht, / welchem steht: Hier liegt der Hund – / hob den Stein auf, hob ihn – und – / sah – o, die ihr da seid, geht! // Sah – sah die Idee des Hunds, / sah den Hund, den Hund an sich. / Reichen wir die Hände uns; / dies ist wirklich fürchterlich. // Wie sie aussah, die Idee? / Bitte bändigt euren Mund. / Denn ich kann nicht sagen mehr / als daß sie aussah wie ein – Hund.«

Otto-A. Peters, Ahrensburg

Ein Freund sagte: »Wo es am schwersten ist, da liegt der Hund begraben.« Nachdem ich mein Astronomielexikon gewälzt hatte, stellte ich fest, daß es auf dem Jupiter am schwersten sein müßte, denn ein normalgewichtiger Mensch wiegt dort über 20.000 Kilogramm. Eine esoterisch angehauchte Freundin meinte jedoch, das Jupiterprinzip stehe für Offenheit und Weite und sei eher lebensfördernd, so daß es dort keine toten Hunde geben kann. Sie meinte, daß sich astrologisch gesehen die dunkle Seite des Pluto am ehesten für die Grabstelle des Hundes eigne.
Ein anderer astronomisch bewanderter Freund sagte mir dagegen, daß ich auf den Eso-Quatsch bloß nicht reinfallen sollte und daß es zwei Hunde gäbe, den Großen und den Kleinen Hund, die im Winter unter dem Sternenbild Orion

zu sehen seien. Nachdem ich aber meine Lieblingsserie »Star-Trek Voyager« gesehen hatte, kamen mir Zweifel daran. Ein begrabener Hund ist dort nicht zu sehen, und schließlich müßte mindestens eine Plasmawolke die Sicht auf die Hunde verdecken.
Ist der Hund vielleicht in mir begraben? Vielleicht ist er ja auch gar nicht tot und schläft nur? Das wird mir jetzt zu gefährlich. Schlafende Hunde soll man bekanntlich nicht wecken.

Manfred Diers, Oldenburg

Die Frage stellte Richard Nisius

Ist der Tag kürzer als die Nacht?

Selbstverständlich weiß jeder von uns, daß im Extrem (um die Weihnachtszeit) die Dunkelheit dominiert, doch durchschnittlich ist der Tag überall länger als die Nacht.

1. Bei uns auf der Nordhalbkugel dauert das Sommerhalbjahr aufgrund der Ellipsenbahn der Erde sieben Tage länger als das Winterhalbjahr. Also ist 186 Tage im Jahr der Tag länger als die Nacht, jedoch ist es nur 179 Tage umgekehrt.

2. Sonnenuntergang bzw. -aufgang ist zu dem Zeitpunkt, wo der obere Rand der Sonne den Horizont berührt. Der Rand ist aber rund 16' (Winkelminuten) vom Mittelpunkt der Sonne entfernt; und hinzu kommt noch die Refraktion (Strahlenbrechung der Atmosphäre), welche die Gestirne am Horizont um 34',4" anhebt. Hieraus ergibt sich eine Zenitdistanz des Sonnenuntergangs von etwa 53'. Das ist zwar nur ein 410tel der täglichen scheinbaren Sonnenbahn, macht aber den Tag um einige Minuten länger.

3. Aber der wichtigste Faktor, der die Helligkeit ausdehnt, ist die Dämmerung. Bei der »bürgerlichen Dämmerung« steht die Sonne höchstens 6 Grad unter dem Horizont, und man kann noch ohne künstliche Beleuchtung lesen; es ist also taghell (von der nautischen Dämmerung, bei der die Sonne bis zu 12 Grad unter dem Horizont steht, wollen wir gar nicht erst anfangen!). Die Dämmerung dauert um so länger, je weiter die Entfernung zum Äquator ist. Am Nord- oder Südpol ist es über sechs Monate hell, aber nur etwa drei Monate völlig dunkel.

Es ist also länger Tag als Nacht – quod erat demonstrandum.

Tilman Lucke (14 Jahre), Waldbach

1. Definitiv nein! Der Tag hat exakt 24 Stunden (von so Firlefanz wie Schaltsekunden abgesehen); aber selbst in extremen Breitengraden schafft die Nacht nicht mehr.

2. Definitiv jein! Seemännisch ist Tag von Sonnenauf- bis Sonnenuntergang. Demnach würde jemand, der am Südpol in eine enge Eisspalte gefallen ist, mit Ja antworten, wäre er oben geblieben, würde er Nein sagen.

3. Definitiv ja! Bei Untersuchungen zu Berechnungsgrundlagen für die gefühlte Zeit (z.B. Latein-/Geschichtsstunden: 5, Warten: 3, Tiefschlaf: 0,01) wurde bei allen Testpersonen festgestellt, daß ein grundsätzlicher Nachtfaktor von 2-4 für fast alle Tätigkeiten (Ausnahme: schlafen) eingeführt werden muß. Wer nachmittags einen Brief schreibt und 12 Stunden später dasselbe versucht, weiß wieso. Dementsprechend ist die gefühlte Nacht (in unseren Breiten) immer länger als der gefühlte Tag.

Hecke Schrobsdorff, PrinzHöfte

Das kommt natürlich ganz drauf an, wo.

1. Im »Duden« ist er kürzer.

2. Am Nord- und Südpol sind Tag und Nacht gleich lang, nämlich ein halbes Jahr.

3. In unseren Breiten wechselt das je nach Jahreszeit. Im Jahresmittel sind Tag und Nacht gleich lang, wenn wir ruhig an einer Stelle stehen. Haben wir beispielsweise jedoch die Angewohnheit nächtlicher Wanderungen gen Osten, ist die Nacht auch im Jahresmittel kürzer.

4. Auf dem Mond ist auf einer Seite immer Tag, auf der anderen immer Nacht. Rechnet man gelegentliche Mondfinsternisse nicht als Nacht auf der Tagseite des Mondes ein, wäre ich geneigt zu sagen, daß auf dem Mond Tag und Nacht gleich lang sind.

5. Auf der Sonne ist nie Nacht. Aber: Kann man die Verhältnisse dort als »Tag« bezeichnen?

Sebastian Niehaus, Hamburg

Nein, im Gegenteil: Sogenannte lange Nächte verstreichen im subjektiven Zeitempfinden wesentlich schneller als Tage. Das kann an der durch Müdigkeit/Genußmittel gedämpften Wahrnehmung oder an der kurzweiligen Geselligkeit liegen.
Nächte, in denen man schläft, sind sogar noch viel kürzer: Die im Schlaf bewußt erlebte Zeit strebt (von träumerischen REM-Phasen abgesehen) gegen Null.

Ole Roß, Staufen

Stellt man sich idealerweise die Erde als exakte Kugel und die Sonne als punktförmige, extrem weit entfernte Lichtquelle vor, so wird die Erde genau zur Hälfte beleuchtet; Tag und Nacht wären gleich lang. Bedingt durch die Erdatmosphäre gibt es jedoch eine Dämmerung am Morgen und am Abend, so daß der Tag länger wird. Je nach geographischer Breite und Jahreszeit schwankt die Tageslänge zudem wegen der Schiefstellung der Erdachse.
Aber generell gilt: Der Tag ist durchschnittlich länger als die Nacht.

Christian Gruber, Dorsten

Die Frage stellte Ingrid Kerz, Hamburg

Stellt man Besteck mit dem Griff nach oben oder nach unten in die Spülmaschine?

Liebe WG Karo 5, obgleich wir selber noch keinen Geschirrspüler besitzen, bringen wir Kenntnisse über das Be- und Entladen so eines Gerätes aus unseren Herkunftsfamilien mit. Grundsätzlich sind hierbei zwei Ziele anzustreben: Einerseits die optimale Reinigung des beschmadderten Spülgutes und andererseits ein einfaches Ausräumen des Besteckkastens, ohne das saubere Besteck wiederum zu kontaminieren. Unser Vorschlag: Zur optimalen Reinigung Besteck mit Griff nach unten in die Spülmaschine stellen, dann zum Ausräumen Finger waschen (oder saubere Handschuhe tragen) oder den Besteckkorb ganz herausnehmen, auf ein Geschirrtuch entleeren und an der Griffseite sortieren und wegräumen.

Frauke Bergmann und Klaus Runge, Hamburg

Da die Frage auch in dieser WG kontroverse Debatten gefördert und damit eine empirische Problemlösung verlangt hat, kommen wir zu dem Schluß, daß den Ausschlag für die eine oder andere Vorgehensweise die Art der Messer vorgibt. Es hat sich gezeigt, daß das Spülergebnis am besten war, wurde das Besteck mit Griff nach unten in den Besteckkorb gegeben. Dagegen spricht zuerst, daß sich die Tafelwerkzeuge nun schlechter greifen und in den Besteckkasten zurückführen lassen. Weiterhin ist es nun schwieriger, Teller hinter dem Besteckkorb in der Maschine zu plazieren, was bei Verwendung von spitzen Messern gar gefährliche Unterarmverletzungen nach sich ziehen kann. Unser Konsens sieht so aus, daß die

Maschine mit Griff nach unten beschickt wird und allzu gefährliche Schneidewerkzeuge von Hand gespült werden.

Heimer-WG, Wolfenbüttel

Die ansonsten recht kategorisch formulierte Gebrauchsanweisung meines Geschirrspülers rät zwar zu »Griffen nach unten«, läßt bei Verletzungsängsten diplomatisch auch das Gegenteil zu. Ein durch alle Haushaltsmitglieder getragenes Verfahren ist erfahrungsgemäß äußerst schwer und nur nach gründlicher Abwägung der Prioritäten zu erreichen (»sauber« vs. »praktisch« vs. »sicher«). Bei drohender Eskalation des Konflikts hilft es gelegentlich, die Wiedereinführung des Handspülens in die Diskussion zu werfen. Die Industrie hat das ihren Geräten innewohnende Konfliktpotential erkannt: Einen Ausweg bietet die Anschaffung eines Modells mit Besteckschublade, in der die Teile waagerecht liegen.

Christine Jeske, Bremen

Wie bei den meisten komplexen Problemstellungen, so ist auch hier keine einfache Antwort möglich. Selbst innerhalb eines Haushaltes kann nicht von einer grundsätzlich richtigen Beantwortbarkeit dieser Frage ausgegangen werden. Vielmehr sollten zunächst die unterschiedlichen Umgebungsparameter identifiziert werden, um dann systematisch entsprechende Versuchsreihen durchzuführen. In jedem Fall sind die verschiedenen Besteckgruppen Messer, Gabel etc. zu unterscheiden. Dabei ist auch zu beachten, daß beispielsweise Fischmesser und Dessertmesser bei ansonsten gleicher Anordnung zu grundsätzlich anderen Reinigungsergebnissen führen können. Ausserdem haben auch verschiedene Bestecksorten inkompatibles

Spülverhalten. Während klotzige Bestecke problemlos mit den Griffen nach unten gespült werden können, rutschen grazilere Serien bei mancher Spülmaschine durch den Besteckkorb und blockieren möglicherweise den unteren Flügel, wodurch selbst die Tellerreinigung beeinträchtigt wird. Schließlich sind auch das Verschmutzungsverhalten, die entstandenen Essensreste und der Antrocknungsgrad wichtige Faktoren. Nutellaverschmierte Messer sind auch nach Wochen selten ein Problem. Getrocknete Müslireste auf einem kopfüber gespülten Dessertlöffel dagegen gehen einfach nicht weg.
Bernd Oestereich, Hamburg

Ich pflegte das Besteck einige Zeit mit dem Griff nach unten in die Maschine zu stellen. So sieht es auch die Bedienungsanleitung vor. Tatsächlich wird sonst das Nutzende des Bestecks nicht porentief rein. Nach einiger Zeit mußte ich jedoch feststellen, daß die Messer zu rosten anfingen, und zwar am Übergang Griff-Klinge, dort, wo das Wasser bei entsprechender Lagerung länger stehenbleibt. Daher mein Tip: Gabeln und Löffel zwecks Hygiene mit dem Griff nach unten, Messer aus Gründen der Haltbarkeit und des Arbeitsschutzes mit der Klinge nach unten!
Thomas Dietrich, Berlin

Das kommt darauf an, ob man die zwar gespülten, aber mächtig eingetrockneten Kartoffel-, Nudel- oder Gemüsereste anschließend lieber von den Griffen oder aus den Gabelzinken und von den Messerschneiden kratzt. Eine echte Lösung liegt im traditionellen Von-Hand-Spülen: trocknet man nasses Besteck umgehend ab, landen die noch weichen Essensreste im

Geschirrtuch. Dieses kommt dann in die Waschmaschine, in deren Trommel es bekanntlich kein oben und unten gibt.

Ruth Roettges, Viersen

Mit dem Griff nach unten! Außerdem muß beachtet werden, daß das Besteck immer schön durcheinander im Korb steht, nicht z.B. alle Löffel zusammen. Die legen sich nämlich u.U. ineinander (Löffelchenstellung), und das Wasser kommt nicht zwischendurch.

Martina Kruckewitt, Amönau

Mit dem Griff nach unten. Stellt man es nämlich mit dem Griff nach oben in den Korb, können die Essensreste nicht richtig weggerissen werden. Außerdem ist dann der Besteckkorb viel zu schnell voll, schließlich sind die Besteckoberteile viel sperriger als die Griffe. Ein netter Nebeneffekt: Stellt man das Besteck mit dem Kopf nach oben in den Korb, verteilt man beim Rausholen mit bloßen Händen seine ganz persönlichen Bazillen darauf. Dies stellt ein kleines Fitneßtraining für das Immunsystem der Mitbewohner dar und hilft dadurch Arztkosten zu vermeiden.

Iris Buck und Andrea Fuchs, Stuttgart – eine WG, die es weiß

?

Die Frage stellte WG Karo 5, Hamburg, dringend!

Weil sie nicht mehrere Dinge gleichzeitig tun können. Könnten sie nämlich simultan pinkeln und lesen, würden sie sich an eine Litfaßsäule stellen.
Tom Heldt, Kiel

Weil ein Baumstamm dem Pinkelstrahl mehr Halt gibt (sog. Adhäsion). Der frei in den Wind gerichtete Pinkelstrahl tut sich da schwerer.
Gerd Neurath, Saarbrücken

Männer sind sowohl eitel als auch leistungsbewußt. Es widerstrebt ihnen daher, wenn eine vollbrachte Leistung nicht in irgendeiner Weise begutachtet wird. Würde sich der besagte Vorgang physischer Erleichterung nur dem Boden mitteilen, wäre zwar das Ergebnis, nicht aber die damit verbundene physikalische Arbeitsleistung sichtbar. Im Freien bieten sich vor allem Bäume an, den Druck, der sich in der Blase aufgebaut und zu besagtem Vorgang physischer Erleichterung geführt hat, in der Höhe sicht- und meßbar zu demonstrieren, ähnlich einem Pegel.
Bei den geschilderten männlichen Charaktereigenschaften kann es nicht verwundern, wenn eine hohe Pegelleistung in einem adäquat hohen Grad der Zufriedenheit resultiert, allenfalls von dem Wunsch übertroffen, die eigene Leistung beim nächsten Mal noch zu überbieten. Natürlich ist in Ermangelung eines Baumes als Pegel- und Projektionsfläche auch eine

Hauswand geeignet, allerdings könnte dies von kleinlichen Menschen als Sachbeschädigung beanstandet werden.
Erwin Hitschfel, Köln

1. Es geht um Schuh-Schutz. Weil an Baumstämmen ein kontrollierbares Rinnsal hinabläuft, dem man leicht mit kleinem Side-step ausweichen kann. Auftreffen des Strahls auf den Boden würde schwer berechenbare Pladderfontänen bewirken = nasse Schuhe!
2. Es geht auch um Hosen-Schutz – jedenfalls bei Gegenwind!
3. Es müssen nicht immer Bäume sein: Hauswände, Kellereingänge und ungeliebte Vorgesetzte tun's auch.
Dieter Waßmann, Marklohe

Die zunächst plausibel erscheinende Antwort: optimaler Sichtschutz muß verworfen werden, da sich dieser Schutz nur minimal vermindert, wenn knapp am Baum vorbeigezielt wird. Daß der Baum getroffen werden muß, liegt darin begründet, daß Männer exzessive Gewohnheitsmenschen sind. Und da sie nun einmal von Pissoirs gewöhnt sind, daß der Akt des Urinierens reflexionsbedingt zu einer gleichmäßigen Benetzung des Bereichs Unterkinn bis Fuß führt, suchen sie auch in der Natur nach geeigneten Reflexionsflächen. Da dazu das eigene Auto nur ungern genommen wird, ist ein Baum meist die einzige Möglichkeit. Findet sich dagegen eine Mauer, so wird diese aufgrund ihrer besseren Reflexionseigenschaften vorgezogen. Endgültig beweisen läßt sich diese Theorie durch den Vergleich des Freipinkelverhaltens von gewohnheitsmäßigen Sitz- und Stehpinklern. Erstere zielen am Baum vorbei.
Dirk Engelmann, Berlin

Das ist ein Resultat von Erziehung. Denn in jugendlichem Alter versuchen Männer beim Pinkeln im Freien mit nach vorn gedehntem Körper, sichtbarer Freude und Links-Rechts-Bewegungen des Beckens eine möglichst große Streuwirkung zu erzielen. Ob ein Baum in der Nähe steht, spielt dabei keine Rolle.
R. Meyer, Baumpinkler (gelegentlich)

Tun sie gar nicht! Einige meiner Freunde und ich pinkeln, wenn es sich einrichten läßt, gerne mitten auf einen Acker und legen so kleine Feuchtbiotope an. An-Bäume-Pinkler sind vermutlich Feuchtbiotop-Feinde, was ein erschütterndes Licht auf den Durchschnittsmann wirft.
Tim Boneko, Paderborn

Daran läßt sich erkennen, daß der Mann nicht vom Affen, sondern vom Hund abstammt. Fehlt eigentlich nur noch, daß der Mann den Baum beschnuppert, um zu prüfen, wer ihn vorher benutzt hat. Gott sei Dank konnte man dem Mann immerhin beibringen, nicht die Topfblumen in der Wohnung als Baum anzusehen. Allerdings konnte man ihm bis heute das Jagdverhalten nicht abgewöhnen. Das zeigt sich sehr deutlich beim Grillen.
Carolin Schulz

Männer pinkeln keineswegs nur an Bäume, sondern an alle möglichen Sachen: Haus- und Kirchenmauern, Böschungen, Sträucher etc. Die männlichen Nachbarn meiner Eltern pinkeln übrigens immer an eine ganz bestimmte Hausecke, die von der Straße aus gut zu sehen ist. Meine Eltern wohnen auf dem Land.

Malte Klinger, Hamburg

Aus fernöstlicher Sicht wäre es möglich, daß Männer damit ihre Verbundenheit mit dem dynamisch in alle Richtungen nachwachsenden »Element« Holz zum Ausdruck bringen möchten. Dies würde gleichzeitig erklären, warum Frauen im Freien auf die Erde pinkeln und warum ich (Mann) mich nicht richtig wohl fühle, wenn ich an die Wand eines zweigeschossigen Hauses (Erde) pinkle. Für Hochhäuser mit dynamischem Holzcharakter lasse ich allerdings jeden Baum links liegen. Ein Prachtstück dieser Bauweise in Farb- und Formgebung ist das neue Debis-Zentrum am Potsdamer Platz in Berlin. Wundervoll, wie dieses grüne Würfelchen aus der Krone sprießt – aber Vorsicht! Dieser Baum wird bewacht!

F. Shui, Berlin

Die Frage stellte Barbara Raub, Bremen

Warum bekommt ein Specht keine Gehirnerschütterung, oder bekommt er doch eine ?

Er bekommt keine. Dem Specht ist das Problem durchaus bewußt. Hat der Specht eine vielversprechende Stelle gefunden, sucht er zügig nach einem Ort, um sein Gehirn zeitweilig auszulagern. Dort fliegt er einen »Spechtlooping«, wobei sich die Scharwenzelklappe im hinteren Rachenbereich öffnet und das Gehirn herausrutscht. Gerne lagert der Specht sein Gehirn auf pfannenartigen Astgabeln. Gesteuert vom rudimentären Resthirn (erschütterungsresistent), beginnt er nun zu hacken. Dabei kommt es zu einem interessanten Phänomen: Kein Gehirn, keine Erinnerung, der Specht vergißt den Ort, an dem sein ausgelagertes Gehirn liegt! Weil er nicht weiß, was er nun tun soll, hackt der Specht zumeist eine Weile weiter. Doch zum Glück wächst das Spechtrestgehirn schnell nach. Die auf der Astgabel vergessenen Spechtgehirne werden im Herbst vom Wind zu Boden geblasen. Im Volksmund heißen sie »Eicheln«.

Matthias Hoffrichter, Frankfurt am Main

Sie bekommen keine, weil der Schnabel des Spechtes wie auch seine Hirnkapsel mit Bändern quasi »federnd« gelagert sind, die als Vibrationsdämpfung wirken. Aber interessanter ist seine Zunge, die eine verhornte Spitze mit Widerhaken besitzt, um die mühsam erklopften Insekten auch fressen zu können.

Christoph Stocker

Die Frage stellte Michael Steinbach, Berlin

Warum haben alle Menschen das Gefühl, daß die Zeit immer schneller vergeht, je älter sie werden?

Als ich meinen vierten Geburtstag hatte, fand ich ihn so schön, daß ich sofort anfing, mich auf den nächsten zu freuen. Leider mußte ich bis dahin noch einmal ein Viertel meines Lebens durchlaufen. Als ich kürzlich vierzig wurde, begann ich auch gleich wieder, mich auf den nächsten Geburtstag zu freuen. Zum Glück brauche ich nun nur noch ein Vierzigstel meines Lebens zu warten. Und ein Vierzigstel geht natürlich viel schneller vorbei als ein Viertel!

Claus Jahnke, Hamburg

Während für andere Dimensionen etwa ab dem 15. Lebensjahr das Bezugsmaß weitgehend gleich bleibt – die eigene (Körper-) Größe für die Länge, die eigene Muskelkraft fürs Gewicht etc. –, verändert sich der Maßstab für die Zeit mit der Zeit. Für einen Fünfjährigen sind ein Jahr stolze 23 Prozent seines Daseins, für einen Fünfzigjährigen hingegen nur noch klägliche zwei Prozent. Die subjektive Zeit, und nur sie empfinden wir, verrinnt zehnmal so schnell.
Man kann Rechenmodelle aufstellen, nach denen ein Zwanzigjähriger (bei der Annahme, er wird irgendwann einmal 80) schon neun Zehntel seiner subjektiven Lebenszeit hinter sich hat. So läßt sich diese Frage auch mit der alten Sentenz »weil der Mensch das Maß aller Dinge ist« beantworten. Die Antwort »... weil man, wenn man alt wird, für alles etwas länger braucht« lasse ich nicht gelten. Erstens stimmt das manchmal, manchmal aber auch nicht; und zweitens fällt es, sofern über-

haupt, im Vergleich zum subjektiven Maßstab praktisch nicht ins Gewicht.

Enrico DellaCroce, bald 70, München

Weil wir uns mit zunehmendem Alter immer mehr wünschen. Schule, Uni, Arbeit, Arbeitslosigkeit: je weiter wir vorankommen, desto mehr wünschen wir uns, daß ca. 5/7 der Woche schnell herumgehen.

Georg Litty, Deidesheim

Wie bei so vielem liegt's auch hier an der Relativität. So wie ein besonders schlauer Mensch die Bedienungsanleitung seines Anrufbeantworters völlig verständlich und ein ganz besonders dummer Mensch dieselbe undurchschaubar findet, erlebt ein Einjähriger ein Jahr als Ewigkeit und ein Fünfzigjähriger als kurzen Moment.

Trotz unseres Wissens, daß es vor uns schon Napoleon und Karl den Großen gegeben hat, entspricht in unserem Gefühl die Ewigkeit der Dauer unseres (bisherigen) Lebens – in unserem Beispiel ein Jahr also 1/1 bzw. 1/50 Ewigkeit. Weswegen man weder Heiligabend zu einem Kleinkind »vielleicht schenkt dir der Weihnachtsmann ja nächstes Jahr ein Lego-Ufo« sagen sollte noch zu jemandem an seinem 49. Geburtstag »du wirst doch erst in einem Jahr wieder älter«.

Dr. Thomas Bschor, Berlin

Ich habe drei Erklärungen:

1. Mathematisch: Gilt auch für alle anderen zeitlich begrenzten Ereignisse, z.B. Urlaub. Während eines dreiwöchigen Ur-

laubs vergeht am Anfang mit 1 Tag nur 1/21 des Resturlaubs, während 3 Tage vor Urlaubsende mit 1 Tag schon 1/3 des Resturlaubs vergeht. Innerhalb der gleichen Zeit vergeht also mehr Restzeit.
2. Biologisch: Der Stoffwechsel beim Menschen verlangsamt sich mit zunehmendem Alter. Im Alter verdauen, gehen, lernen wir langsamer als Kinder. Wenn der Stoffwechsel als eine Art innere Uhr fungiert, verlangsamt sich die innere Zeit im Verhältnis zur äußeren Zeit bzw. die äußere wird als schneller empfunden.
3. Psychologisch: Als Kinder sind wir unsterblich, solange wir nichts vom Tod wissen. Als junge Erwachsene wissen wir vom Tod, aber solange ältere Generationen leben, ist der Tod recht abstrakt. Erst später rückt das Ende stetig näher. In unserem Bewußtsein nimmt die verbleibende Zeit viel stärker ab als in Wirklichkeit: Nicht von 80 auf 0, sondern von unendlich auf 0. Es ist klar, daß das nicht linear gehen kann. Zum Schluß muß sich das Bewußtsein ganz schön beeilen, die Kurve auf 0 zu kriegen.
Wolfgang Thomas, Berlin

Aus zwei Gründen, die sich gegenseitig verstärken:
1. Jede Zeiteinheit, die vergeht (z.B. ein Jahr), ist mit wachsendem Alter ein immer kleinerer Anteil dessen, was man vorher bereits erlebt hat. Sie trägt also relativ weniger dazu bei und wird daher als kürzer empfunden.
2. Dieselbe Zeiteinheit ist ein immer größerer Anteil dessen, was man künftig noch erleben könnte. Sie bringt also einen relativ größeren Verlust mit sich, ihr Verstreichen scheint daher immer schwerer zu wiegen.
Helmut Richter, Frankfurt am Main

Meiner Ansicht nach handelt es sich um eine Spruchweisheit, die Menschen so ab 40 Jahren glauben gelegentlich äußern zu müssen, als Attribut ihres neuen Status. Tatsächlich erleben die meisten, die ich kenne, Zeit als sehr unterschiedlich schnell vergehend, je nach Lebenssituation. Meinem Empfinden nach ist Zeit kein eingleisig verlaufendes Ding, sondern es gibt mehrere Zeiten. Und zwar in unterschiedlich großen und unterschiedlich dichten Kreisen, die sich gegenseitig berühren, unterschiedliche Fließgeschwindigkeit haben und zum Teil sogar rückwärts gehen. Mein subjektives Zeitempfinden schwimmt auf einem dieser Zeitflüsse mit oder wechselt beliebig zu anderen. Mit wachsendem Alter nimmt die Bewußtheit zu, und dadurch verdichtet sich das Zeitempfinden, wird also subjektiv als immer intensiver und damit langsamer erlebt.

Ein anderer Ansatz für eine Antwort ist, daß Zeit bzw. das Empfinden von Zeit ein Kulturgut ist wie Sprache. Unterschiedliche Kulturen teilen Zeit unterschiedlich ein und geben diese Sichtweise zusammen mit der Sprache an die neuen Kulturträger, sprich: Kinder, weiter. Was bedeutet, daß unsere Sichtweise der linear verlaufenden Zeit nur eine von mehreren möglichen ist.

Claudia Hartmann, Berlin

?

Die Frage stellte Gunda Nothorn, Hamburg

Was ist Humbug ?

1786 schrieb der Hannoveraner Philosoph Friedrich von Speyer in seinem Ethik-Bändchen »Kleine Seelenkunde für Kinder« (Schulbuchverlag Wolffenbüttel), es sei »wohlgethan, dem schwächeren Kameraden ruhig eynmal zu zeigen, wo Barthel den Most hole«, weil sich dadurch die eigene Stärke und Position »im thäglichen Kampfe des Lebens« bisweilen eindrucksvoll festigen lasse.
Nun möchte man meinen, daß selbst 1786 ein kleines dünnes Schulbuch nicht übermäßig viele eifrige Leser gefunden hat. Jedoch kam es ob dieser Passage zu einer handfesten Auseinandersetzung zwischen von Speyer selbst und dem Leipziger Commerzienrat Hans-Otto Thalbach. Thalbachs Sohn Ekkehard nämlich hatte sich den Rat von Speyers zu Herzen genommen und sich binnen kurzem zum »übelsten Galgenstricke und Thunichtgut unserer Lehranstalt« entwickelt (Schularchiv Leipzig, Etrg. 46/1786). Was schließlich und endlich mit Schulausschluß und Einweisung in eine Besserungsanstalt endete. Thalbach schrieb daraufhin einen geharnischten Brief an von Speyer, in dem er ihn bezichtigte, »in unverantworthlichster Weyse auf unsere Jugend eynzuwirken« und damit größeren Schaden anzurichten, »als die zunehmende Gottlosigkeit dieser Welt« je imstande wäre. Von Speyer antwortete hierauf in einer langatmigen und ermüdenden Ausführung.
Thalbach hätte die Sache wohl auf sich ruhen lassen, wäre da nicht Speyers kleiner Nebensatz gewesen: »Überdies denke ich, dass es nicht alleyn an eynem Schulbuche liegen kann, wenn sich ein Kind aufführt wie vom Teuffel besessen.« Dieser Satz brachte Thalbach so in Rage, daß er im Rahmen ei-

ner Reise nach Hannover von Speyer persönlich aufsuchte und ihm einen mehrwöchigen Krankenhausaufenthalt bescherte. Vor dem Hannoveraner Richter sagte Thalbach aus, er lasse sich nicht »von eynem dahergelaufenen, sogenannten Philosophen die Ehre abschneyden, indem er behauptet, ich erzöge meine Kinder nicht im Sinne einer gottesfürchtigen und ehrbaren Weltanschauung. Überdies ist er ein Haderlump.« (Hannoveraner Stadtblätter, Januar 1787, Bibliothek des Welffen-Museums, Hannover)
Aufgrund seines hervorragenden Rufes kam Thalbach ungeschoren davon, von Speyer hingegen verfaßte das Theaterstück »Der Thyrann«, dessen Hauptfigur »Thalmann« nicht nur reichlich unzureichend namentlich getarnt war, sondern auch sonst ziemlich offensichtlich dem Leipziger Commerzienrat nachempfunden war. Das Stück wurde jedoch nie aufgeführt.
Dies sollte die Frage ausreichend beantworten. Schließlich ist es kompletter Humbug.

Lorenz Ritter, Hamburg

Englisch für »Brummkäfer«, also meistens: viel Lärm um nichts. Die einfachere Variante sorgt als »Bug« allerdings für viel Ärger bei Computerbenutzern.

Dr. Tewes H. Wischmann, Heidelberg

Wenn jemand auf die Frage, was Humbug sei, antwortet, daß das Wort Himbig, aus der chinesischen Zentralmongolei stammend, von den Horden des Dschingis Khan über Sibirien und Alaska bis vor die Tore Wiens gebracht wurde, wo es als Hembeg belegt werden konnte, von dort aber von einem italienischen Kaffeehändler als Hombog aufgeschnappt und auf einem Elefanten über die Alpen transportiert wurde, von der Schweiz, als Hambag verstanden, in den Löchern eines Käselaibes nach Deutschland geschmuggelt wurde, wo es fälschlicherweise als Humbug gedeutet wurde und sich bis heute als Bezeichnung von Käse halten würde, dann ist das ein ausgesprochener Humbug.

Gerhard Drexel, Berlin

»(...) Ich nicke. Wir spielen zwei Spiele. *Larynx*, lege ich. *Valenz*. *Quitte*. *Zygote*. Ich halte die glänzenden Spielmarken mit ihren glatten Kanten in der Hand, betaste die Buchstaben. Es ist ein wollüstiges Gefühl. Dies ist die Freiheit, oder doch ein Hauch von ihr. *Limbus*, lege ich. *Galle*. Was für ein Luxus! Die Spielmarken sind wie Bonbons, aus Pfefferminz gemacht und ebenso kühl. *Humbugs* hießen sie. Ich würde sie gerne in den Mund stecken. Sie würden auch nach Limonen schmecken. Der Buchstabe C. Frisch, eine Spur scharf auf der Zunge, köstlich. Ich gewinne das erste Spiel, lasse ihn das zweite gewinnen. (...)« (Aus: »Der Report der Magd« von Margaret Atwood, S. Fischer 1990, Seite 185.)
Die Frage ist nur: Heißen nun die Spielmarken Humbug oder die Pfefferminzbonbons?

Mechthild Rennwanz, Moers

Die Frage stellte Karin Wolsdorf, Köln

Wie heißt das Gerät mit Holzgriff und dunkelrotem Gummistopfen, mit dessen Hilfe man Abflüsse reinigen kann ?

Selbstverständlich heißt das Gerät genauso, wie es in der Frage bereits formuliert wurde und nicht anders. Oder hat etwa irgend jemand irgendwann einmal eine andere Bezeichnung dafür verwendet? Aber: Warum hat dieses Gerät immer einen Holzgriff und einen dunkelroten Gummistopfen? Oder hat etwa irgend jemand irgendwann einmal eine andere Version dieses Geräts gesehen – mit Kunststoffgriff und hellblauem Gummistopfen beispielsweise?
Charalampos Lazos, Darmstadt

Pömpel, ist doch allgemein bekannt!
Sabine Gawlik, Hinte

Das Gerät ist natürlich, wie jeder weiß, ein Pümpel. Als solcher auch kürzlich im Werbespot für irgendwelche Geldkarten zu bestaunen. Pümpel wahrscheinlich auch nicht nur im norddeutschen Sprachraum, da die Verniedlichungsform »Pümpel« für »Pumpe« (also »kleine Pumpe«) nicht typisch norddeutsch zu sein scheint. Im übrigen ist der Gummiteil gar nicht dunkelrot, sondern mittel- bis hellrot, jedenfalls bei allen mir bekannten Pümpeln.
Julia Christina Ritter, Berlin

Pömpel. Auch die Varianten Klostopfen oder Saugglocke sind möglich, Pömpel (oder Pümpel) aber eindeutig die beliebteste.
Philipp M. Schmidt, Neustadt am Rübenberge

Das Gerät heißt »Tetschepümpel« nach dem gleichnamigen Erfinder.
Simone Bauer, Frankfurt am Main

Endlich eine Letzte Frage, die diesen Titel tatsächlich verdient hat! Nach einer behüteten Kindheit im Herzen des Münsterlandes zog ich nichtsahnend in eine WG in einer Stadt im Herzen des Oldenburger Landes. Nach einem dramatischen Zwischenfall auf dem WG-WC sang ich so vor mich hin: »Jetzt bräuchten wir einen Ruck-Zuck«. Das war's – nämlich der Anfang vom Ende dieser WG.
»Ruck-Zuck? Was ist das?« – »Na ja, diese Dinger halt, mit denen man Abflüsse freimacht und so ...«- »Nein, die heißen Pömpel!« – »Wie, Pömpel? Soll das ein Wort sein ...?«, und so weiter und so fort. Nach drei Tagen kräftiger Diskussion und diverser empirischer Studien im Bekanntenkreis hatten wir etwa zehn verschiedene Begriffe für den Ruck-Zuck, einen weiterhin verstopften Abfluß und immer noch keinen Pömpel.
Fazit: Das »Ding« hat keinen Namen und lebt allein von der Beschreibung. Erst diese macht es auch spannend.
Dubravko Dolic, Oldenburg

In unserer WG heißt das Gerät »Klosauger«. In unserer Bigband benutzen wir die englische Bezeichnung »Plunger« (ohne Griff ist es ein exzellenter Wah-Wah-Dämpfer für die Trompete).

Oliver Klee, Bonn

Problem-Übel-Mitspielender-Pissoir-Engpässe-Löser, kurz: P.Ü.M.P.E.L.

Marius Müller, St. Wendel

In Hamburg: Pümpel. In München: Saugdrücker. In Wiesbaden: Meiers Gummimex.

Wolfgang und Fabian Barth, Frankfurt am Main

Auch wenn Hansemann Beimer aus der Lindenstraße einst seiner unwissenden Exgattin erklärt hat, dieses Gerät sei ein (wenn ich mich recht erinnere) »Extraktor«, behaupte ich: Einige wenige Dinge haben keinen Namen. Und brauchen ihn auch nicht. Beimers Belehrung konnte nur von einem Beamten stammen, der wahrscheinlich in seiner Laufbahn irgendwann mal eine Akte über »Extraktorenmängel auf den Toiletten des mittleren und gehobenen Dienstes« anlegen mußte. Dort und nur dort (in den Akten, nicht in den Toiletten) mögen diese Namensgebungen ihren begrenzten Sinn haben. Im wirklichen Leben spricht man von »dem Dingens, du weißt schon«, und jeder Nichtbeamte wird glasklar aus dem Gesprächszusammenhang schließen können, wovon die Rede ist. Zum Beispiel auch bei dem Dingens im Supermarkt, das auf dem Laufbahn an der Kasse zwischen die Waren gelegt wird, du weißt schon. »Kundentrennleiste«? Quatsch!

Matthias Ortlepp, Barkelsby

Wir nennen es »Stopfer«, wobei natürlich zu berücksichtigen ist, daß es sich bei einer badischen Aussprache weit weniger dramatisch anhört. Warum das Ding so heißt, ist mir nicht ganz klar, schließlich soll doch versucht werden, etwas aus dem Abfluß zu holen, und nicht, es dortselbst hineinzustopfen. Jedenfalls haben wir beim letzten Mal (selbstverständlich an einem Wochenende) einen Fachbetrieb gerufen, aber das tut ja nichts zur Sache.

Micha Matt, Freudenstadt

Natürlich Plömpel. Warum, weiß ich nicht.

Axel Wippermann, Berlin

Also ich behaupte, das Ding hat keinen Namen, und kann diese Behauptung durch folgenden Vorfall belegen: Kürzlich war ich im Fachgeschäft und verlangte so ein »Pfffft« fürs Waschbecken, dabei untermalte ich mein Anliegen durch die entsprechende unanständige Handbewegung. Der angesprochene Fachverkäufer legte mir ohne die in diesen Fällen übliche Belehrung seine Modelle zur Auswahl vor.

Sylvia Schell, Berlin

Das Ding heißt Pümpel, schließlich pumpt man/frau damit oder besser gesagt: pümpelt.

Susanne Bünte, Göttingen

Seit jeher habe ich mich gewundert, warum das Ding Stöpsel oder Stops genannt wird. Eigentlich müßte es doch Entstöpsel oder Entstops heißen! Mein Mann sagt, in Süddeutschland heißt das Ding Saugstopfer, in Norddeutschland Stopfsauger. Wir bezeichnen es als chemiefreies, mechanisches Abflußreinigungsgerät.

Margot und Reinhard Brünner, Reichertshofen

Dieses praktische Ding nennt sich Pömmpel. Einige Franken nennen es auch Klostopfer.

Iris Gehring, Würzburg

Das Ding heißt in Franken Ruckzuck.

W. + K. Pilz, Bernburg

Dies nützliche Gerät trägt den Namen Pümpel. Und zwar wurde es erfunden in einem mecklenburgischen Ort, der dafür mit dem Ehrennamen »Pümpelhagen« bedacht wurde. Eigentlich bekannt geworden ist diese Ortschaft aber durch Fritz Reuter, der sie in seinem Buch »Ut mine Stromtied« beschrieben hat.

Greta H. Krenz und Consorten, Hamburg

Der Saugglockenverkäufer meines Vertrauens nennt dieses Ding Pumpfix. Er wußte aber, was ich wollte, als ich eine Saugglocke verlangte.

Stephan Woerner

Es handelt sich um ein Gerät aus der Familie der Stampfer. Während jedoch bei Artgenossen wie Kartoffelstampfer oder Wäschestampfer das Bestimmungswort des Kompositums anzeigt, was hier stampfend bearbeitet werden soll, begnügt man sich bei diesem Gerät – vielleicht weil die zu bearbeitende Angelegenheit keine einheitliche Materie und eher unappetitlich ist – lapidar mit dem Hinweis auf das Material, aus dem der eigentlich erfolgversprechende Teil des Geräts, die Saugglocke, gefertigt ist: Gummi. Das Gerät heißt demnach Gummistampfer.

Uta Eckensberger, Saarbrücken

Strunz, was sonst?

Margot Niemetz, Frankfurt am Main

Anfangs interessiert und offen für Neues zwecks Wortschatzerweiterung, bin ich inzwischen regelrecht enttäuscht, daß es doch tatsächlich keinen Menschen auf der Welt gibt, der den wahren Namen des Geräts kennt.

Statt dessen kommen da Einsendungen wie »Strunz«, was sich eher nach einem kleinbürgerlich-spießigen Nachnamen als nach einer Bezeichnung für das nützliche Haushaltsutensil anhört. Auch »Stampfer« läßt mir die Haare zu Berge stehen – was, in Gottes Namen, verstehen Menschen, die diesen Namen gebrauchen, unter einer Abflußreinigung? »Ruckzuck« dagegen bezieht sich schon eher auf die Wirkungsweise des Werkzeugs als z.B. »Stopfer« – vielleicht verwechselt jemand das besagte Gerät mit dem Urheber für den Gebrauch von selbigem? Das sehr häufig eingesandte Wort »Pömpel« – variierend zu Pümpel, Pömmpel oder auch Plöm-

pel – muß ich wohl als weitverbreitete Mundart akzeptieren. Nichtsdestotrotz möchte ich der Welt an dieser Stelle nicht länger den völlig einleuchtenden, natürlich richtigen Namen vorenthalten. Er lautet schlicht und ergreifend: Mupfer.
Britta Verlinden, Kürten

Wir nennen das Ding lautmalerisch einfach »Mupf«. Gerade wer aus Haushalten kommt, in denen schamhaft solch unappetitlichem Kram der Zugang zur Sprache verwehrt wird, braucht einen sinnlichen, den entscheidenden Moment des Einsatzes bezeichnenden Namen. Jeder erfolgreiche Benutzer des Mupfs wird bestätigen, daß der Name onomatopoetisch trifft. Ein derart lustbezogener Umgang mit dem Mupf fordert natürlich die Phantasie zu sublimierteren Einsatzgebieten heraus. Z.B. presse man den Mupf mit Schmackes an eine geeignet glatt, aber nicht zu glatt lackierte Zimmertür, lehne sich im Sessel zurück und beobachte das langsame Neigen des Griffes, während die Luft in die Glocke eindringt. Bis zum Mupf.
Henning Hinrichs, Karlsruhe

Endlich erfahre ich mal, wie unser Schplopser richtig heißt.
Barbara Gohlke-Paul, Hamburg

Dieses Gerät soll Pümpel heißen? Südlich der Donau versteht das kein Mensch! Hier heißt es Klostampfer, nach seiner Heimatstadt Klostampf, wo es benötigt wird, um den Abfluß aus dem Bodensee freizuhalten.
Wolfram Beierlein, Hochberg

Bei mir zu Hause (Niederrhein) sagte mein Vater – selbst Handwerker – immer »Klempnerhammer« zu dem Gerät, das wurde allgemein auch verstanden. Ich hoffe nur, man tritt damit diesem ehrsamen Beruf nicht zu nahe!

Ulrich Ch. Blortz, Köln

Meine Mutter weiß (mal wieder) die Antwort: Natürlich heißt der Pümpel Saugglocke! Das ist zwar nicht witzig, aber wenigstens endlich mal richtig.

Karoline Fritzsch, Halle

Meines Wissens heißt das Gerät Klempnerlunge.

Jan Roehle, Berlin

So weit die Bezeichnung »Pümpel / Pimpel / Pömpel« verbreitet ist, so unklar ist offenbar die sprachliche Herkunft des Wortes.

Volksethymologisch (laienhaft) liegt die Verwandtschaft zu »Pumpe« nahe, und jeder Kölner Azubi wird verstehen, wenn sein Geselle ruft: »Gib misch mal dat Pümpelschen!« Streng sprachwissenschaftlich stammt der Begriff jedoch nicht von der Beschreibung der Funktion (»Pumpe«), sondern von der äußeren Form des Gegenstands: Pimmel, süddeutsch Pimperle, was sich mit dem Sprachgebrauch anderer Länder deckt. Im Griechischen wird allerdings nicht nur das männliche Genital in den Namen des Pümpels einbezogen, sondern auch die Nachbildung der Brust aus rotem Gummi: der Pümpel ist also ein Hermaphrodit, was die griechischen Klempner liebevoll mit »Mphrodi« abkürzen.

Nicht nur im Abwasserbereich, sondern auch in der Kirchenarchitektur sehen wir, daß die Nordeuropäer mehr das Männliche betonen: den hohen Kirchturm, während in Südeuropa dem weiblichen, der Kuppel, mindestens ebensolche Bedeutung zukommt – man betrachte nur einmal Rom von oben. Wen wundert es, daß speziell in der Gegend um Florenz und Siena mit den freistehenden Domtürmen und den hohen Kuppeln unser deutscher Pümpel »duomo« genannt wird – aufgrund seiner Kombination der beiden Geschlechtsmerkmale.
Evthymios Kratidis, Hamburg

Da ich Wiener bin und von Haus aus neugierig, habe ich natürlich gleich alle Bekannten nach diesem Gerätenamen gefragt. Wir alle kamen unisono zu dem Schluß, daß jedermann/-frau sich so etwas nur unter dem Namen »Hektor« vorstellen kann.
Johann Max Wlcek, Wien

Wie wär's, ein Volksbegehren für einen einheitlichen Namen, nämlich »es«, zu starten?
Eike Carls

Die Frage stellten Susanne und Olaf Eybe

Was tut der Wind, wenn er nicht weht ?

Wenn er nicht weht, dann geht der Wind spazieren. Wenn er nicht weht, ist er bei seiner Freundin. Er küßt sie sanft und regt sich kaum dabei. Vielleicht ist sie's, die ihm den Nacken streichelt. Er sitzt ganz still und hält den Mund. Er spitzt die Lippen nicht und pfeift kein Liedchen. Wenn er nicht weht, hat er zum Blasen keine Lust. Vielleicht schläft er eine Woche, vielleicht denkt er am Montag: Donnerstag werd' ich mich wieder regen, aber vorher tu' ich nichts. Der Wind ist auch mal aus der Puste. Aber nicht weht er nur selten.

Sabine Kurpiers, Berlin

Stehenbleiben. // – Der Wind hat vielleicht auch Freunde. Es gibt einen Wind für gestern und einen für heute. Und wenn der Wind mal krank ist und nicht wehen kann, kommt ein anderer Wind und hilft ihm. // – Er schläft dann in den Bäumen. // – Der Wind schaukelt hin und her in einer Geschichte und ruht sich dabei aus. // – Der Wind bohrt in der Nase. // – Der Wind wird von anderen abgelöst, weil er ja mal eine Pause braucht. // – Der Wind wartet in den Wolken, bis er raus kann. Vielleicht kommt er raus, weil es ihm z.B. in einer Gewitterwolke zu dunkel ist, und dann macht die Wolke die Tür auf, und der Wind kann hinaus. // – Der Wind könnte im Weltall sein. // – Der Wind schläft in den Bäumen, dann wird der Baum abgesägt, und dann schläft er aber immer noch.

Regenbogengruppe des Ev. Kindergartens Ekkardstraße, Oldenburg (3 1/2 bis 6 1/2 Jahre)

Zunächst ist zu unterscheiden, ob der Wind das Wehen schon hinter oder noch vor sich hat. Vor dem Einsetzen des/der Wehen handelt es sich um einen ungeborenen Wind. Ob hier schon von einem Wind im eigentlichen Sinne gesprochen werden kann und wie ggf. mit diesem umzugehen sei, ist medizinisch, juristisch, ethisch und politisch höchst umstritten.
Wer je mit Winden schwanger ging, weiß aber, welche Schmerzen sie verursachen können, gerade wenn sie noch nicht wehen. Setzt das Wehen ein, wird dies meist als erleichternd empfunden und häufig von entsprechenden Ausrufen (»Aaah!«) begleitet. Die Umwelt dagegen reagiert vielfach mit Unverständnis und Kritik. Wie sich dies auf Seelenleben und nachgeburtliches Verhalten des Windes auswirkt, ist noch wenig erforscht. Es scheint aber, daß linear-kausale Erklärungsmodelle den Phänomenen nicht gerecht werden – die von progressiven Kräften postulierte These »es stinkt nur, weil die Umwelt kein Verständnis hat« ebensowenig wie die konservative Gegenthese. Eine systematische Betrachtung kann hingegen komplexe zirkuläre Wirkungszusammenhänge aufzeigen, die zu erläutern hier aber zu weit führten.
Die Frage, ob es für Winde ein Leben nach dem Tod gibt, wenn ja, in welcher Form, und schließlich: was diese dann machen, wird von den Weltreligionen sehr unterschiedlich beantwortet. Auch die Wissenschaft konnte bis heute keine endgültige Klärung herbeiführen. Der moderne aufgeklärte Mensch wird sich in dieser Frage mit einer letzten Ungewißheit abfinden müssen.

Siegmar Daume, Mannheim

Was macht der Wind, wenn er nicht weht? / Glaub wohl, daß er dann schlafen geht / in einem Baum bei mir vorm Haus / –

wie Hund und Katze, Mensch und Maus, / wenn sie vom Tagwerk müde sind / und Sandmännchen sein Werk beginnt.
Ist er erschöpft vom vielen Wehen, / kann ich ihn abends manchmal sehen, / manchmal auch spät erst in der Nacht, / wie er ganz leise, still und sacht / hinaufsteigt bis zu einem Loch, / das dort ist, wo ein Ast einst broch. / Da weht rein und geht zur Ruh' / und macht die Tür hinter sich zu.
Lang hält's ihn nicht an dieser Stelle / – er ist ein rastloser Geselle. / Meist ist der Tag noch kaum gekommen, / da weht er raus, noch ganz benommen, / reckt sich und frühstückt Ei mit Speck, / fegt um die Ecke – und ist weg.

Thomas Mahn, Wehrheim

Hat er sich bloß gedreht? Ist er in einen Fang geraten? Liegt er mit Pocken im Bett? Hockt er mit seinem Kumpel Wetter in der Mühle und pfeift sich eins? Vielleicht muß er sich bloß mal frischmachen, weil er noch mit der Windsbraut säuseln will ... ein paar Buschwindröschen dabei ... müssen ja nicht alle Wind davon bekommen ...

Folkert Elbrechtz, Lüneburg

Der Wind ist eine mögliche Erscheinungsform der Luft: Weht die Luft, sprechen wir von Wind, weht sie nicht, liegt demnach kein Wind vor. Oder anders: Wind weht immer. Tut er es nicht, ist er keiner. Die Vermutung, Wind könne etwas tun, wenn er nicht weht, ist also – so traurig dies für Romantiker sein mag – gegenstandslos.

Christoph Gilleßen, Kassel

Die Frage stellte Franziska Junker, Kassel

Warum haben Männer Brustwarzen ?

1. Man nehme ein Foto von einem sehr attraktiven Mann (mit nacktem Oberkörper).
2. Betrachten, eingehend.
3. Foto in den Computer einscannen.
4. Brustwarzen wegretuschieren.
5. Ausdrucken.
6. Noch mal betrachten.
7. Sieht ziemlich Scheiße aus jetzt, oder?!

Meike Schneme, Münster

»Und Gott schuf den Menschen ihm zum Bilde, zum Bilde Gottes schuf er ihn«, 1. Buch Mose, Kap. 1, Vers 27. Die Frage muß deshalb heißen: »Warum hat Gott Brustwarzen?« Schon im Mittelalter trieb diese Frage die gläubige christliche Welt um und trennte sie in Pro-Warzianer und Anti-Warzianer. Der schlüssige Beweis für göttliche Brustwarzen ist bis heute, daß alle seine päpstlichen Stellvertreter ebenfalls Brustwarzen hatten. Sollte es einmal einen Papst ohne Brustwarzen geben, müßte demnach die Bibel neu geschrieben werden.

Gerhard Drexel, Berlin

Für Lust.

Joachim Buckow, Schmachtenhagen

Die Bezeichnung »Brustwarze« bei Männern wird heute – sprachwissenschaftlich gesehen – falsch verwendet. Sie ist auf das altgermanische Wort »Brunsthwarthza« zurückzuführen, wobei im Rahmen der zweiten Lautverschiebung das n verlorenging. Fortan wurde die »Bru(n)stwarze« des Mannes fälschlicherweise mit der weiblichen Brustwarze in einen Topf geworfen. Daß sich an der Funktion allerdings wenig geändert hat, beweisen die immer wieder von Männern zur Schau getragenen, unvermeidlichen und scheinbar zur Anregung angebrachten Piercings an eben dieser Stelle.

Katja Dörner, Bonn

Damit die Brusthaare ein Zentrum haben.

Heinz de Moll, Wuppertal

Ich weiß ja nicht, wie Heinz de Molls Brust aussieht, wenn er von einem Zentrum für die Brusthaare spricht. Bei mir wären da immer noch zwei Zentren.

Aber ich plädiere sowieso mehr für die Erklärung, daß es sich bei den Brustwarzen des Mannes um Wundmale bzw. Narben handelt, die aus der Rippenentnahme anläßlich der Schaffung Evas resultieren. Hierbei wird auch eine der ungeklärten Fragen der Bibel berührt: Gott schuf Eva aus einer Rippe Adams. Da wir aber gewiß nie asymmetrisch gebaut waren, muß Gott zwei Rippen entnommen haben. Was mit Adams zweiter entnommener Rippe geschah, ist unbekannt.

Armin Kaufmann

1.) Es handelt sich dabei um nacheiszeitliche Hochwassermarken. Beim Abtauen der Nordland-Gletscher kam es häufig zu Überschwemmungen. Die Männer wurden als Wasserstandsanzeiger ins Wasser gestellt, damit die Frauen wußten, wie weit sie sich gefahrlos vom Ufer entfernen durften, ohne in Gefahr zu geraten zu ertrinken, nämlich höchstens bis zur genannten Brustmarkierung. (Quelle: Gramhuber/Suckendörfer, Männerlei, Lauterbach 1997/3, S. 113)
2.) Es handelt sich der Überlieferung nach um Hilfsmittel zur Kinderberuhigung bzw. um eine Einschlafhilfe aus der Zeit vor der Erfindung des Schnullers. Obwohl diese Funktion männlicher Brustwarzen längst in Vergessenheit geraten ist, bemerkt der Mann bei unverbildet aufwachsenden Säuglingen auch heute noch gelegentlich den reflexhaften Drang, sich an dieser Stelle entschieden festzusaugen. Gramhuber/Suckendörfer (in: Männerlei, a.a.O. S. 7) sehen in der dabei häufig zu beobachtenden Zornesreaktion von heutigen fläschchenverzogenen Säuglingen die Quelle für späteren – auch verdeckt auftretenden – Vaterhaß.
3.) In der wilden, aber lange zurückliegenden Zeit der männlichen Ganzkörperlangbehaarung dienten die Brustwarzen der Männer, für Frauen bequem in Augenhöhe angebracht, als Anhaltspunkt, um bei ihren Gespielen vorne und hinten rasch unterscheiden zu können. (Noch heute stellt sich bei manchen Frauen nahezu automatisch das Begrüßungslächeln ein, wenn sie die »Knöpfchen« der Männer sehen). Mit dem progredientraschen Sinken des Hormonpegels bei Männern in geschichtlicher Zeit (Gramhuber/Suckendörfer, Männerlei, a.a.O. S. 452) reduzierte sich die Behaarung auf wenige Stellen mit der Tendenz zum völligen Verschwinden. Die Brustwarzen sind – vorläufig? – geblieben. An ihnen kann man/frau erkennen, wie weit die Brust-

behaarung eigentlich derzeit noch gehen müßte (Seitenbegrenzung).

4.) Überliefert ist auch der Gebrauch männlicher Brustwarzen als Befestigungspunkte für jahreszeitlich unterschiedliche Schmuckgirlanden. In bestimmten Kulturen standen zu festlichen Anlässen derart geschmückte Männer, sogenannte Zierbrüstler, in unsymmetrisch angeordneten Gruppen im Wald, am Wegrand und rund um das Frauenhaus. Für Brustketten, von Warze zu Warze gespannt, wurden bevorzugt Blüten, Insekten, Muscheln, duftende Rindenstücke, Zuckerrüben aber auch irdene Krüge (»Schnurkeramik«) aufgefädelt.

In der Regel wurden Brustwarzen auf diese Weise stark gedehnt. Sie wurden dann alltags, also bei Nichtgebrauch, aufgerollt um ein frisches grünes Blatt getragen als sogenannte Warzenschneckli. Durch die sieben dinarischen Lautverschiebungen wurde daraus zunächst das frohe Grußwort »Hoi, Grünwärzli« und später das älplerische »Grüezi!«

Das Ausklingen solcher kulturellen Traditionen ist heute noch in Papua-Neuguinea, allerdings in abgesunkener Form, als »Arschgras« zu beobachten. Dort werden bunte Blätter, hinten herabhängend, in der Hüftschnur angeordnet, zu Festtagen auch Federn. (Belegstellen bei Gramhuber/Suckendörfer, Männerlei, a.a.O. S. 6, S.7, S. 28, S. 701)

Wolf Dietrich

Eine vielfach gestellte Dauerfrage

Was ist der Trick 17 ?

Hiermit untersagen wir Ihnen jegliche Veröffentlichung von Antworten auf diese Frage sowie die Bekanntgabe von Zusammensetzung, Wirkungsweise und Funktion von Trick 17. Bei Trick 17 handelt es sich nämlich um eine patentrechtlich geschützte Verfahrensweise meiner Unternehmensgruppe. Für den Fall der Zuwiderhandlung drohen wir Ihnen vorsorglich massive rechtliche Schritte an. In einer für uns sicherlich siegreichen rechtlichen Auseinandersetzung werden Sie dann reichlich Gelegenheit haben, die Wirkung von Trick 17 am eigenen Leib zu erfahren. Nicht genug damit: Wenn wir erst Vitamin B, ein weiteres patentrechtlich hinterlegtes Erfolgsrezept aus unserem Haus, einsetzen, werden Sie sich wünschen, Sie hätten Trick 17 nie öffentlich diskutiert und damit Anderleuts Betriebsgeheimnisse der unqualifizierten Öffentlichkeit zugänglich gemacht.

Dirk Scharmer, Training für Management und Politik, Bremen

Trick 17 ist derjenige, den man anwendet, wenn das Schema F versagt.

Fred Steinsdörfer, Iserlohn

Trick 17 ist der Trick zwischen Trick 16 und Trick 18. Von Trick 17 existieren auch die Varianten Trick 17a, Trick 17b und Trick 17c, wobei Trick 17b eindeutig am häufigsten anzutreffen ist.

WG Zell K 3, Mannheim

Trick 17 ist nicht, wie man vielleicht vermuten möchte, der 17te Versuch, einen Zaubertrick irgendwie hinzukriegen, sondern vielmehr der besondere erste und ausschließlich einmalige Trick, der sofort gelingt. Denn – und deshalb heißt dieser Trick »Trick 17« – die 17 ist, wie jeder weiß, eine Primzahl, also nur durch 1 und sich selbst teilbar: Das gelingt sofort und immer! Und: Anders als die Primzahl 13, ist die 17 sprachmelodisch moll und positiv besetzt. So heißt es etwa »Siebzehn Jahr, blondes Haar ...«, und auch der Tabellensiebzehnte der aktuellen Bundesligasaison, Borussia Mönchengladbach, kann – aber das ist wohl ein anderes Thema.

Andreas Weinert, Göttingen

Als der große Magier und Entertainer Carlos Luminoso 1924 starb, entdeckte man in seinem Nachlaß ein Verzeichnis seiner beeindruckendsten Zaubertricks – mit kompletter Beschreibung des jeweiligen Verfahrens, der Angabe aller benötigten Hilfsmittel und detaillierten Zeichnungen der Aufbauten. Insgesamt umfaßte dieses bedeutende Standardwerk für angehende IllusionistInnen 17 Tricks. Leider war das Manuskript unvollständig: Die letzten drei Seiten, die sich mit dem im Inhaltsverzeichnis aufgeführten Trick 17 befaßten, fehlten. Der Herausgeber des Werkes (erhältlich nur im englischen Original, 3. Auflage 1969, erschienen bei Blackwell, Oxford) beklagt diesen Umstand besonders, »weil die vorangehenden Kunststücke in der Reihenfolge ihrer Numerierung von steigender Intensität sind und wir von Trick 17 die Krönung seines Lebenswerks erwarten durften«.

Jan Bruners, Koeln

Auf den Trick 17 stößt man in jedem Kauf- oder Warenhaus. Dann nämlich, wenn eine Verkäuferin der anderen meist laut und deutlich mitteilt, »sie gehe mal auf die 17«. Damit ist gemeint, daß sie mal ganz schnell aufs Personalklo geht. So hat sie ihrer Kollegin in Gegenwart von Kunden ihr Bedürfnis klargemacht, ohne ein Baba-Wort in den Mund genommen zu haben. Trickreich eben.

Dagmar Weber, Essen

Liebe Leute, leider scheint Ihr alle in eine andere Schule gegangen zu sein. Trick 17 hatten uns unsere Grundschullehrerinnen Frau Milder und Frau Vente-Schmuss (Kardinal Graf von Galen-Grundschule in Stockum) eindeutig wie folgt erklärt: »Wenn ihr mit dem Fahrrad an eine große Ampelkreuzung kommt, und ihr möchtet links abbiegen, dann macht ihr das mit dem Trick 17: erst geradeaus über die Kreuzung fahren, dann nach der Ampel anhalten und absteigen. Dort an die Ampel für Fußgänger stellen und bei Grün mit dem Radl über die Ampel laufen. Dann könnt ihr euch wieder auf den Sattel setzen und weiterradeln.«

Jürgen Fränzer, Magdeburg

Die Frage stellte Jochen Mandel, Oberhausen

Warum gelingt der erste Pfannkuchen nie?

Es handelt sich hier um die sogenannte Pfannkuchen-Paradoxie, für die es drei konkurrierende Erklärungsmodelle gibt:
(1) Die alltagstheoretische Deutung (»Schwiegermutter-Theorie«) besagt, daß der erste Pfannkuchen sowieso immer mißlingt, weshalb man für den ersten besser etwas weniger Teig in die Pfanne geben sollte, woraufhin der erste Pfannkuchen mit Sicherheit anbrennt und folgerichtig mißlingt …
Der Popularität dieser Theorie ist es zu verdanken, daß weite Bevölkerungskreise mit dem Phänomen des Mißlingens von Pfannkuchen praktisch vertraut sind, ohne freilich (2) die naturwissenschaftliche Deutung (»Emulsionstheorie«) zu kennen: Der auf einer Fett-in-Wasser-Emulsion beruhende Pfannkuchenteig wird beim Erstkontakt mit dem in der Pfanne geschmolzenen Fett so von der Hitze reinen Fetts überwältigt, daß sich seine Fettanteile von den Wasseranteilen lösen und sich nach dem Modell der Wahlverwandtschaft mit dem heißen Fett verbinden. Übrig bleibt dann das anbrennende Wasser/Ei/Mehl-Gemisch.
Die nächsten Pfannkuchen sind gewarnt und bleiben ihrer Emulsion treu, was uns zur (3) philosophischen Deutung (»Xenon-Paradoxie«) des Problems bringt: Wenn der erste Pfannkuchen immer mißlingt, was er empirisch gesehen zweifelsohne tut, ist es natürlich fraglich, ob überhaupt von einem ersten Pfannkuchen gesprochen werden kann. Der mißlungene Pfannkuchen ist nämlich weder im ontologischen noch im kategoriellen Sinn ein Pfannkuchen, weshalb es nur natürlich ist, daß er immer mißlingt! Das existentielle Scheitern des ersten Pfannkuchens trieb schon Camus zur Ver-

zweiflung bzw. Sartre in den Wahnsinn, der bekanntlich zeitweise von einer Languste im Schlafrock (= in Pfannkuchenteig) verfolgt wurde.

Bernhard Debatin, Berlin

Der erste Pfannkuchen gelingt tatsächlich nie. Das ist eine der unumstößlichen Wahrheiten. Deshalb darf man sich nichts daraus machen, sondern sollte ihn an den verteilen, der am liebsten Pfannkuchen ißt, bereits die Finger gewaschen hat und am Tisch sitzt. Wenn es mehr als einen hungrigen Esser gibt, kann man den nächsten damit trösten, daß ja der zweite Pfannkuchen viel schöner sein wird. Und auch das stimmt immer. Das Erfolgserlebnis beim Pfannkuchenbacken ist also garantiert: Der erste gelingt nie – was kein wirklicher Mißerfolg ist, sondern eben so sein muß. Ab Pfannkuchen Numero zwei gelingen sie dann immer besser, und das macht zufrieden – auch wenn man gar nicht gerne Pfannkuchen ißt.

Ruth Weissmüller, Saarbrücken

Ha! Es liegt also nicht an mir! Anderer Leute erste Pfannkuchen mißlingen auch! In meiner Pfanne spielen sich allerdings noch weitere Mysterien ab: Ist der erste Pfannkuchen zugleich auch der einzige und somit eigentlich auch der letzte, gelingt er stets. Ich habe das immer auf den Erfolgsdruck, unter dem der Pfannkuchen steht, geschoben, kommen nach ihm doch keine Exemplare mehr, die sein Mißlingen wieder ausgleichen könnten. Alle Versuche, beim Backen mehrerer Pfannkuchen dem ersten das Gefühl zu geben, der einzige und letzte zu sein, schlugen dagegen fehl. Sie wurden durchschaut.

Sibylle Scheerer

Als Teilzeithausmann mit langjähriger Erfahrung muß ich der Fragestellung widersprechen: Der erste Pfannkuchen gelingt immer! Da ist man mit voller Konzentration bei der Sache. Spätestens beim dritten Pfannkuchen versucht man nebenbei etwas anders zu erledigen, und erst der Brandgeruch erinnert einen daran, daß es jetzt zu spät ist, den Pfannkuchen zu wenden.

Uwe Rumberg, Bremerhaven

1. Die Pfannen-Erklärung

Entgegen der landläufigen Meinung, daß alle Gegenstände kein Gedächtnis besitzen, ist die Pfanne die Ausnahme von der Regel. Sie hat ein hervorragendes Gedächtnis, das allerdings – ähnlich wie beim Menschen auch – an Altersschwäche leidet und unangenehme Erlebnisse schnell wieder vergißt. Kommt nun Öl oder Butter in die Pfanne, freut sich die Pfanne schon auf ein schönes Schnitzel, ein saftiges Steak oder zart duftendes Gemüse. Keinesfalls kommt die Pfanne auf die Idee, mit einer breiigen, wässrigen Pampe konfrontiert zu werden. Das ist so eine Art Kriegserklärung an die Pfanne von seiten des Benutzers. Entsprechend reagiert die Pfanne zunächst mit Gegenwehr und versucht aufs Heftigste, diesen Brei wieder loszuwerden, was ihr nur stellenweise gelingt, so daß der erste Pfannkuchen an einigen Stellen keine Farbe hat, während andere Stellen schon fast schwarz sind. Erst nach und nach merkt die weniger kluge Pfanne, daß aus dem ekligen Mehl-Ei-Gebräu ein leckerer Pfannkuchen wird und gibt deshalb jede Gegenwehr auf. Die klügere Pfanne gibt dagegen sofort nach. Sie weiß: Jede Gegenwehr ist zwecklos, denn die nächste Teigattacke ist ja bereits in Vorbereitung.

2. Die internationale Erklärung
Ein Kuchenteig gehört in eine Backform und nicht in die Bratpfanne. Das wissen die Schweden schon seit langem, weshalb sie ein Rezept für Pfannkuchen aus dem Ofen kennen: 1/2 Liter Milch aufkochen und abkühlen lassen, 4 Eier mit 4 Eßlöffeln Mehl und der Milch verrühren, in eine gefettete Auflaufform füllen und 20 Minuten bei 225 Grad backen.
3. Die biblisch-österliche Erklärung
Die Letzten werden die Ersten sein, und die Ersten werden die Letzten sein. Weil der Letzte in der Pfanne der Erste im Magen sein wollte (und das auch geschafft hat), ist der Erste in der Pfanne der Letzte, der in den Magen wandert. Da spielt es keine Rolle mehr, ob er mißlungen ist, denn meist wird er gar nicht mehr gegessen.
Britta Sutorius, Berlin

Weiß auch nicht, aber aus diesem Grund fange ich immer erst mit dem zweiten an.
Gerd Neurath, Saarbrücken

Die Frage stellte Jens Bartilla, Freiburg

Woher kommt der Irrglaube, man müsse einen Frosch küssen, damit ein Prinz aus ihm wird? Wo ihn die Prinzessin im Märchen »Der Froschkönig« doch »mit aller Kraft an die Wand warf« ?

Zum Verständnis der Vorgänge zwischen Frosch, Prinzessin und Wand hier zunächst einige Fakten, die offenbar nicht allgemein bekannt sind. Auch heute noch können die Delikte »Unbefugtes Hexen«, »Schwere Gefährdung des Luftverkehrs« sowie »Grob ungebührliches Betragen gegenüber Märchenwesen« mit Umwandlung in einen Frosch geahndet werden. Aufgabe der Prinzessinnen ist es, Nichtmärchenwesen, die von der Feen- und Hexenkammer rechtskräftig in einen Frosch verwandelt worden sind, nach einer angemessenen Zeit der Läuterung wieder zu erlösen. Die Prinzessin prüft zunächst, ob das betreffende Nichtmärchenwesen schon hinreichend geläutert ist; wenn ja, gibt sie ihm ein Küßchen und spricht die Worte »Och, sei kein Frosch«, woraufhin das betreffende Nichtmärchenwesen wieder zurückverwandelt wird. Wie hieraus ersichtlich, erfordert die Tätigkeit einer Prinzessin nicht nur sicheres Urteilsvermögen, sondern auch Geistesgegenwart und eiserne Nerven. Denn: Was ist, wenn die Prinzessin erst zu spät – wenn der Rückverwandlungsprozeß schon eingeleitet ist – merkt, daß der Kandidat doch noch nicht hinreichend geläutert ist? Gegen die Wand werfen widerspricht nicht nur den geltenden Tierschutzbestimmungen, sondern ist – wie bekannt – auch völlig ungeeignet, den Erlösungsvorgang zu stoppen. Bei solch unprofessioneller Vorgehensweise hat die Prinzessin sich alles weitere selbst zuzuschreiben.

Gerhard Pauli, Düsseldorf

Daß Frösche durch Küsse erlöst werden, ist genau so ein Irrglaube wie die Sache mit den Prinzessinnen und dem Küssen! Schneewittchen z.B. wird (laut der Grimmschen Urhandschrift) nicht durch einen Kuß erlöst, sondern durch die groben Manieren eines Dieners des nekrophilen Prinzen. Und Dornröschen wacht nicht auf, weil der Prinz sie abküßt, sondern weil die hundert Jahre herum sind. Andernfalls hätte der angebliche Erlöser (der nur zufällig im richtigen Moment kam) das gleiche unrühmliche Ende gefunden wie seine unglücklichen Vorgänger.
Ich glaube, daß diese mythische Überhöhung der Küsserei nur ein Trick des Patriarchats ist. Wir sollen glauben, es täte uns gut, wenn irgendwelche dahergelaufenen Männer uns abküssen – passiv und willenlos, wie es sich für eine zu erlösende Prinzessin scheinbar gehört. Die erschreckend weite Verbreitung dieses Irrglaubens ist wahrscheinlich den Disney-Versionen der Grimmschen Märchen zu verdanken.
Maike Janßen, Berlin

Diese Frage gibt Anlaß, ein Erlebnis zu beichten, das nun 24 Jahre zurückliegt – ein Zeitraum, der den damals geleisteten Schwur, aber auch wirklich niemals irgend jemandem etwas davon zu erzählen, irgendwie relativiert.
Auf einem der vielen spätabendlichen Spaziergänge mit meiner Freundin – Promenaden, deren einziger Sinn und Zweck in ausführlichen Erörterungen der Männerfrage bestand – fingen wir einen Frosch. Es war wohl zu gleichen Teilen unserer pubertären Überhitzung wie seiner Zutraulichkeit geschuldet, daß wir übereinkamen, es einfach zu versuchen. Einander glaubhaft versichernd, natürlich nicht ernsthaft davon auszugehen, daß den Frosch zu küssen uns einen Prinzen

bescheren würde, befanden wir, daß es ja zumindest nicht schaden könnte. Wir küßten ihn also, ich zuerst, es passierte nichts, wir bekamen einen Lachkrampf, leisteten unseren Schwur und entließen den Frosch.
Das mit dem An-die-Wand-Werfen haben wir damals leider noch nicht gewußt.

Elisabeth Jean, Heidelberg

Ich und meine Mutter glauben, daß der Froschkönig mit Dornröschen verwechselt wird. Nur Prinzessinnen werden mit einem Kuß erlöst – bei Froschkönigen braucht man etwas Gewalt.

Oihane Schmutte, 7 Jahre, Hamburg

Froschzauber
Ein Mädchen, das am Brunnen stand, / sah einen Frosch an dessen Rand; / verwunschen war der, und er wollte, / daß ihn ein Kuß erlösen sollte. / Sie tat es, und sogleich darauf / schaut sie zu einem Prinzen auf; / die beiden wurden bald ein Paar / und lebten glücklich Jahr um Jahr. – / Ein Frosch, den jüngst ein Mann geküßt, / ward zur Prinzessin, und nun wüßt' / ein jeder gern, ob man den Frauen / bei solchem Zauber könne trauen, / und wie wohl eine zu erkennen, / die einst gehüpft anstatt zu rennen. / Ist sie ein Wetterfrosch gewesen, / so äußert sich's in ihrem Wesen, / denn auch auf der Karriereleiter / strebt sie nach oben, immer weiter. // Doch wenn sie mal mit Mühe kaum / erklommen einen glatten Baum / und glaubt, daß dies ganz menschlich wär' / dann irrt sie vom Instinkt her sehr, / und weil sie wenig Halt dort hat, / gleich an dem Stengel von 'nem Blatt, / wird sie trotz schönster Wetter-

daten / sehr schnell vom Hoch ins Tief geraten. / Falls sie das immer wieder macht, / sind erste Zweifel angebracht, / denn unklar bleibt die ganze Chose; / drum rät zur Vorsicht die Prognose. // Und führt sie heim ein Prinzgemahl, / dann hätte nach dem Hochzeitsmahl / die Sache ganz bestimmt 'nen Haken, / fing sie im Bett gleich an zu quaken. / Sollt' sie mit angezognen Beinen / dort auf der Kante hockend weinen, / dann stammt sie, die man grad gefreit, / aus einem Teich, mit Sicherheit. / Und mancher Mann versucht dann eben / mit sanftem Trost sie zu beleben: / »Na komm, mein Mädchen du«, so klingt's, / »nun sei kein Frosch!« – Und dann gelingt's!
Erwin Hitschfel, Köln

Man kann das nicht streng als Irrglaube betrachten. Obwohl es wahr ist, daß der Knall den Frosch zum Prinzen macht, darf die Wichtigkeit des vorherigen Küssens nicht unterschätzt werden. Das Küssen macht den großen Knall überhaupt erst möglich.

Es ist anzunehmen, daß der Frosch gerne Prinz werden will, jedoch nicht bereit ist, sich diesem Verwandlungsprozeß hinzugeben, weil er mit Schmerzen verbunden ist, wie alle Ablösungsprozesse (er müßte ja sein Froschsein aufgeben). Hätte er die Prinzessin nie kennengelernt, hätte er sich wohl mit seinem Froschsein abgefunden, wäre wahrscheinlich irgendwann Vater von Tausenden von Kaulquappen geworden und mit seinem Dasein mehr oder weniger zufrieden gewesen. Aber er traf die Prinzessin. Ihre Liebe bestätigte ihn erstmals als Lebewesen und stärkte sein Selbstvertrauen. Er lernte sie auf seine Froschart und -weise lieben.

Die Froschliebe hat der Prinzessin auch eine Zeitlang gereicht, irgendwann aber erkannte sie, daß sie mehr wollte, als er geben konnte. Sie bat ihn lange und heftig darum, sich anzustrengen, endlich wieder seine wahre Form als Prinz anzunehmen. Er hatte Verständnis für sie, war aber noch nicht bereit, sein Froschsein aufzugeben. Und irgendwann hatte die Prinzessin genug. Sie warf ihn aus ihrem Bett und aus ihrem Leben. Dieser Liebesentzug stellte seine ganze Lebenseinstellung in Frage. Der Froschkönig erkannte, daß sein Benehmen die Beziehung unmöglich gemacht hatte. Und er sah keine andere Möglichkeit, sie zu erhalten, als sich zu ändern. So überwand er seine Angst und besann und bemächtigte sich seines Prinzseins.

Das Märchen vereinfacht die ganze Geschichte natürlich, und das ist auch gut so. Wenn wir Kindern erzählen würden, was auf sie zukommt, würden sie sich glatt weigern, groß zu werden. Aber das ist ein anderes Märchen.

Barry Lessard, Hameln

Die Frage stellte Ulrich Mott, Lüneburg

Was ist das Gegenteil eines Tunnels?

Die Funktion eines Tunnels ist klar: Wenn ich um etwas weder drumrum noch drüberweg komme, versuche ich es halt untendurch. Ergebnis: ein Tunnel. Da ein Tunnel unterirdisch funktioniert, muß das Gegenteil also überirdisch angelegt sein. Und ist: eine Brücke. Quod erat demonstrandum: Hier in Hamburg gibt es ein Hindernis (Elbe), das sowohl durch einen langen tiefen Tunnel als auch durch mehrere Brücken überwunden werden kann. Klug ist der Nordmensch.

Lorenz Ritter, Hamburg

Ich will mit der Definition von Tunnel beginnen: »künstlich angelegte unterirdische Bauwerke, die im Verlauf von Verkehrswegen durch Bergmassive oder unter Flußläufen ...« Oder kurz: »Passage durch ein Massiv«. Somit gibt es logischerweise zwei Ansätze: Man bewegt sich auf einem Weg und prallt gegen eine Wand. Dann fehlt die Passage. Wenn man allerdings auf einer Brücke steht, dann fehlt das Massiv. Fehlen sowohl die Passage als auch das Massiv: Guten Flug.

Jens Köstermann, Hannover

Da ein Tunnel dunkel und eng, das Gegenteil davon hell und weit ist, kann es sich nur um das Licht am Ende desselben handeln.

Gerd Neurath, Saarbrücken

A: Ein Wurm. B: Ein Turm. C: Eine Glanzparade.

Pokriefke, Osnabrück

Als ich vergangene Woche mit Familie durch den Elbtunnel fuhr, kam meiner Schwester die einzig richtige Lösung der Tunnelfrage: Ein Tunnel und das Gegenteil eines Tunnels stehen in einem Verhältnis zueinander, das wir aus der italienischen Pastaproduktion kennen. Der Tunnel wird durch die wundervollen Makkaroni symbolisiert, sein Gegenteil durch Spaghetti.

Gerrit Wiebe, Hamburg

Ein Tunnel ist ein Nichts mit Anfang und mit Ende / kennt nur das Drumherum, fühlet stets nur Wände. / Alles ist sein Gegenteil, wo nichts beginnt und endet, / das Nichts erkennt und Nichts erfühlt, so sehr sich's dreht und wendet. / Die Felswand kennt der Tunnel nur, und diese kennt nur ihn. / Solang sie sich nicht spiegeln, hat Alles Nichts im Sinn. / Sobald sie aber reflektier'n und nun sich selbst erkennen, / kann Nicht Alles und Alles Nichts beim eignen Namen nennen. / Alles ist nichts, wenn's dies nicht gibt, das sind die Wissensschätze, / dies ist die tiefe Weisheit der Untrennbarkeit der Gegensätze.

Armin Kaufmann, Stuttgart

Das Gegenteil eines Tunnel ist eine Wurst, denn sie ist gefüllt, an beiden Enden verknotet, und man kann außen um sie herumlaufen, nicht aber durch sie hindurch.

Katharina Bock, Berlin

Die Frage stellte Rainer Emil Hickel, Düsseldorf

Warum vertauscht ein Spiegel rechts und links, aber nicht oben und unten ?

Der Spiegel vertauscht gar nichts. Nur wir Menschen halten die rechte Körperseite unseres Spiegelbildes regelmäßig für unsere linke. Anders ausgedrückt: die Definition von rechts und links ist eben vom Standpunkt abhängig. Und da unser Spiegelbild uns gegenübersteht, ist hierüber keine Einigkeit zu erzielen. Oben und unten werden dagegen von der Ausrichtung auf den Erdmittelpunkt (Schwerkraft!) bestimmt. Und da gibt's zumindest auf unserer Erdhalbkugel keine Verständigungsschwierigkeiten.

Gisela Splett, Karlsruhe

Alle Menschen tragen ihre Uhr am linken Handgelenk. Ausserdem ist links da, wo der Daumen rechts ist. Man betrachte eine Versuchsanordnung, bei der eine Person, für die diese Bedingungen gelten, vor einem Spiegel steht. Man sieht, daß sowohl die Versuchsperson vor dem Spiegel als auch das Spiegelbild die Hand mit der Uhr nach oben halten. Rechts und links werden also nicht vertauscht. Niemand würde auf die Idee kommen zu behaupten, daß im Spiegel die Zeit rückwärts läuft, nur weil sich die Uhr anders herum dreht.

Lothar Rausch, Kaufungen

Daß der Spiegel rechts und links vertausche, ist ein ebenso weitverbreiteter wie unausrottbarer Irrglaube. An ein schmerzendes Desiderat der Spiegelforschung (Speculogie) allerdings erinnert die Frage, warum Ziffern und Buchstaben vom Spiegel verändert werden (»Spiegelschrift«). Und zwar vertauscht der Spiegel hier nicht nur links und rechts, sondern auch oben und unten, wie jeder leicht im Selbstversuch verifizieren kann. Man stelle sich so vor einen Spiegel, daß man bequem auf seiner Armbanduhr die Uhrzeit ablesen kann. Dann präsentiert sich im Spiegel die Uhr nicht nur auf links gedreht, sondern auch auf den Kopf gestellt. Die meisten Speculogen gehen heute von buchstaben- und ziffernsensiblen Einsprengseln in der Silberschicht des Spiegels aus, die ganze Bereiche des Spiegels optisch chaotisieren. Gelegentlich wurde aber auch schon über wahrnehmungspsychologische Störungen im Zusammenhang mit Gedrucktem und Geschriebenem spekuliert.

Burkhard Strassmann

Es ist Ansichtssache: Entwedel ist del Spieger ein Ribelarel, del oben wie unten extleme Lichtungen ars austauschbal elkennt. Oder der Spiegel gibt ein virtuelles Bild, bei dem allerdings nicht mehr und nicht weniger als vorne und hinten vertauscht sind. Nun tut es einem Menschen aber sehr weh, umgekrempelt zu werden, so weh, daß er nicht mehr weiß, wo rechts und links ist. Habe hoffentlich geholfen.

Sebastian Dries

Ein Spiegel vertauscht vorne und hinten, was selten auffällt, weil Menschen fast nie durchsichtig sind. Hält man aber eine bedruckte Folie vor den Spiegel, wird die Sache klar: Man sieht sie so, als würde man von hinten durchsehen.

Leo Kauter, Frankfurt

Die Bösartigkeit von Wandspiegeln läßt sich in ihre Grenzen weisen: Man (oder Frau) muß sich dazu nur quer vor den Spiegel legen, und – oh Wunder – links und rechts (jetzt Kopf und Fuß) erscheinen sofort unvertauscht, oben (Decke) und unten (Fußboden) bleiben auch richtig. Offen bleibt da nur die Frage, warum ich mich dazu hinlegen muß, ein Drehen des Spiegels um 90 Grad aber keine Abhilfe bringt.
Sigrid Zeimet, Gifhorn

Die Frage ist gleich aus zwei Gründen falsch gestellt: Zum einen vertauscht ein Spiegel, dem man frontal gegenübersteht, nicht rechts und links, sondern vorne und hinten. Um einen Spiegel dazu zu bringen, rechts und links zu vertauschen, muß man sich parallel zu der Wand stellen, an der er befestigt ist. Zum anderen ist ein Spiegel recht leicht dazu zu bringen, oben und unten zu vertauschen, nämlich indem man ihn auf den Boden legt oder parallel zur Decke befestigt. (Für eine erfolgreiche Versuchsreihe ist darauf zu achten, daß die spiegelnde Seite stets sichtbar bleibt …) Es ist also nicht in den Eigenschaften des Spiegels verwurzelt, was er vertauscht, und es ist ebensowenig allein Sache des Betrachters, vielmehr liegt es an der Beziehung, die Spiegel und Betrachter miteinander eingehen. (Frei zitiert nach Karl Heim: »Der christliche Gottesglaube und das naturwissenschaftliche Weltbild«)
Manuel Fuchs, Ebernburg

Weil die Augen nebeneinander, nicht übereinander liegen. Beweis: Man betrachte sich das gespiegelte Bild mit um 90 Grad seitlich geneigtem Kopf: Oben und unten sind vertauscht!
Gregor Beck, Augsburg

Die Frage ist falsch und hätte nicht zugelassen werden dürfen! Gerade beim Spiegel sieht man Rechtes rechts und Linkes links! Probiert es aus. Wahr ist ganz im Gegenteil, daß man alles andere ohne Spiegel falsch herum sieht: Jeder, ob Kamera, ob Hinz oder Kunz, der uns gegenübersteht und uns gerade ins Gesicht schaut, vertauscht rechts und links! Keiner denkt sich was dabei, aber jeder sieht unser rechtes Ohr links. Die Erklärung: »gegenüber« heißt »um 180 gedreht«, und rechts und links haben sich mitgedreht. Fotos sind auch verkehrt herum! Sogar Paßbilder geben nicht die Wahrheit wieder. Auf der Straße wiederum ist dieses Naturgesetz lebensrettend. Wie könnten sonst alle rechts fahren, ohne ineinanderzubretern? Aber zum Glück fahren die anderen immer links; sie wissen's nur nicht.

Hartmut Riedel, Berlin

In seinem Buch »Geist und Natur« (Suhrkamp TB 691) gibt Gregory Bateson auf Seite 105f. eine Klärung zu genau dieser Frage: »Tatsächlich ist nämlich nicht rechts und links, sondern vorne und hinten verkehrt worden. Dahinter verbirgt sich aber noch ein subtileres Problem, daß nämlich die Worte rechts und links nicht zu derselben Sprache gehören wie die Worte oben und unten. Rechts und links sind Worte aus einer inneren Sprache; während oben und unten Teile einer äußeren Sprache sind. (...) In dem gestellten Problem liegt also eine logische Falle.«

Wolfgang Pilz, Bernburg

Weil sonst keiner mehr pünktlich an seinem Arbeitsplatz wäre.

Anna Spateneder, Schwand

Die Spiegelung hat nicht generell die Vertauschung von links und rechts zur Folge, sondern allgemein eine Seitenvertauschung, und zwar immer senkrecht zur Spiegeloberfläche. Meine Zahnpastatube auf der Ablage unterm Rasierspiegel steht genauso links vom Deoroller, wie das Spiegelbild der Tube links vom Bild des Rollers steht. Wenn ich aber hinter das reale Körperpflegepaar ein Radio stelle, kann ich das virtuelle nicht mehr sehen. Das Bild des Radios steht davor. Die scheinbar generelle Vertauschung von links und rechts ist vielmehr psychologisch bedingt: Wenn wir uns im Spiegel sehen, identifizieren wir uns mit unserem Ebenbild und nehmen seine Perspektive ein, wenn wir über das Bild im Spiegel sprechen. Da aber die Blickrichtung unseres Gegenübers entgegengesetzt ist, drehen wir uns im Geiste halb um unsere senkrechte Körperachse und vertauschen dadurch (im Kopf!) links und rechts. Daraus folgt, daß Spiegel sehr wohl oben und unten vertauschen können – wenn man sie auf den Fußboden legt. Dann wird die Zimmerdecke zum Boden einer Fallgrube, in die unsere armen Spiegelbilder fledermausgleich mit den Köpfen zuunterst hineinhängen.

Christian Backe, Syke

Ein Spiegel vertauscht gar nichts, er zeigt 1:1 das jeweils Gegenüberliegende. Ich lege mich vor einen Spiegel und strecke meinen linken Arm nach oben – was wird, bitteschön, jetzt vertauscht? Kopf und Fuß? Linke Hand – rechte Hand? Nein. Verwendet man Himmelsrichtungen, wird ebenfalls deutlich, daß nichts »vertauscht« wird. Wenn mein Arm nach Osten zeigt, gilt das für sein Spiegelbild ebenso.

Das Problem liegt in der Fragestellung: Oben und unten beziehen sich auf ein »objektives« Bezugssystem – ich stelle mich auf den Kopf, und meine Füße sind oben statt unten. Links und rechts beziehen sich dagegen auf ein subjektives Bezugssystem – ich drehe mich, und schon ist links anderswo. Meine linke Hand ist auch im Spiegelbild links – es sei denn, ich versetze mich in das gedachte Bezugssystem meines virtuellen Spiegelbildes – die Vertauschung findet dann in meinem Kopf statt. Der Spiegel ist unschuldig.

Martin Hennig, Hamburg

Der Spiegel vertauscht nicht rechts und links, sondern vorne und hinten. Um sich davon zu überzeugen, nehmen Sie einen Buchstaben, F zum Beispiel, aus Zeichenkarton ausgeschnitten, der auf der Vorderseite rot, auf der Rückseite blau angemalt ist. Halten Sie das F so vor Ihr Gesicht, daß Sie es richtigherum sehen. Stellen Sie sich dann so mit dem F vor einen Spiegel, und betrachten Sie gleichzeitig das F und sein Spiegelbild. Oben/unten und rechts/links sind nicht vertauscht, wohl aber vorne/hinten. Bei dem Original-F ist die rote Seite, bei dem Spiegelbild die blaue Seite vorne.

Das gleiche Experiment gelingt noch viel schöner, wenn Sie einen Würfel nehmen, dessen Seitenflächen Sie vorher beschriftet haben mit vorne/hinten usw. Den Würfel können Sie auch ein bißchen hin und her kippen und so fünf Seiten im Original und im Spiegelbild sehen. Sie können ihn auch so herumdrehen, daß die Seite, die im Spiegelbild hinten ist, zum Vorschein kommt, und Sie sehen dann, daß diese mit »vorne« beschriftet ist.

Thomas Christiansen, Bonn

Die Frage stellte Helmut Richter, Frankfurt am Main

Ich packe meine sieben Sachen. Welche ?

Zahnbürste, Zahnpasta, Kamm, Seife, Handtuch, Brieftasche, Flasche Schnaps.

Lorenz Ritter, Hamburg

Tabak, Blättchen, Streichhölzer, ein Laib Brot, eine Flasche Rotwein, Klopapier, den Schlüssel vom 70er Bully.

Tilmann Mueller-Wolff, Röllshausen

Woher soll ich das wissen? Jeder hat seine eigenen sieben Sachen. Das soll heißen, daß die Siebensachen stets dem Wandel unterworfen sind. Was wiederum bedeutet, daß auch die eigenen Siebensachen nicht immer dieselben Sachen sind. Überhaupt sollte man vom Begriff Siebensachen nicht auf Sachen, also materielle Dinge schließen. Vielleicht kann für den einen oder anderen neben der Zahnbürste auch Neugierde zu seinen Siebensachen gehören.

Jutta Flieger, Bamberg

Die sieben Sachen werden immer dann gepackt, wenn eine Person für die nächste Zeit auf eine längere Reise geht. Dazu muß die betreffende Person Zubehör mit sich führen, das ihr das Überleben für die nächsten Tage sichert. Für Frauen gilt: 1 Fön, 1 Lippenstift, 1 Nagellack, 1 Puder, 1 Haarbürste, 1 Handspiegel und eine Frauenzeitschrift. Für Männer gilt: 1

EC- Karte, 1 VISA-Karte, 1 American- Express-Karte, 1 Master-Karte, 1 Feuerzeug, 1 Notebook und ein Handy.

Steffen Sachtleber, Berlin

Darauf kann nur ein intimer Kenner der Fragestellerin antworten, denn eine mehr oder weniger witzige Aufzählung von sieben beliebigen Gegenständen wird der Redewendung nicht gerecht und zeigt mal wieder schön, wie bedeutungsverschleiernd oder -verwässernd die Rechtschreibreform wirkt. Denn sieben Sachen (Numerale plus Nomen) bedeutet eben etwas anderes als Siebensachen (Pluraletantum), d.h. sieben ist hier gar nicht numerisch gemeint (sowenig wie in Siebenmeilenstiefeln), sondern steht als magische oder heilige Zahl einfach nur für die Summe der persönlichen Besitztümer oder Habseligkeiten, die man unverzichtbar mitnehmen möchte oder muß. Und die setzt sich nach Zahl und Art eben ganz unterschiedlich entsprechend jeder einzelnen Persönlichkeit zusammen.

Uta Eckensberger, Saarbrücken

Leider ist dieser Ausdruck komplett falsch verstanden. Um die ursprüngliche Bedeutung zu verstehen, muß man die Entstehungsgeschichte des Spruches kennen. Im Jahre 1818 ging ein gewisser Heinrich Schmidt nach Amerika, um sein Glück zu suchen. Er wollte Freiraum und landete am Ende in Kalifornien. Er suchte nach Gold, zunächst in einer Mine, aber Erfolg hatte er erst, als er anfing, im Fluß nach Gold zu sieben. Er wurde dadurch saureich, und als er langsam älter wurde und sich nach der alten Heimat sehnte, kehrte er im Jahre 1858 als reicher Mann zurück nach Deutschland. Er baute sich ein Haus, nahm sich eine Frau und lebte.

Er, gewohnt an der Freiheit des Goldsuchers, war aber unzufrieden. Seine Frau bekam dies oft zu spüren, wenn sie ihn zu sehr bedrängte. Er sprang dann immer auf und brüllte: »Ich packe meine Siebsachen!«, womit er seine Sachen zum Goldsuchen meinte. Leute, die mithörten, waren beeindruckt von der Kraft seiner Ausdrucksweise. Allerdings verstanden sie ihn ganz falsch und gaben ihn folglich auch falsch mit dem bekannten »Ich packe meine sieben Sachen!« wieder.

Obwohl der Spruch also die ursprüngliche Bedeutung verloren hat, hat er nichts von seiner Kraft eingebüßt. Er ist immer noch ein starker Schrei nach Freiheit.

Barry Lessard, Hameln

Die Frage stellten Claudia Zankel und Ilja Hendel, Freiburg

Wo fängt Süddeutschland an?

In Bregenz, weil hinter Bregenz der Balkan anfängt.

Alf Hänle, Stuttgart

In Hamburg wird die Frage eigentlich etwas großräumiger beantwortet: In Harburg fängt der Balkan an!

Marlies Laurent, Hamburg-Altona

Grob gesehen nördlich der Linie Lörrach – Berchtesgaden.

Franz Spechtenhauser, Unterhaching

Südlich der Elbe. Beweis: Meine Kolleginnen in Agathenburg, am südlichen Ufer der Elbe, sagen »Samstag« zum Tag vor dem Sonntag. Bei uns in Norddeutschland heißt es aber »Sonnabend«.

Rainer Licht, Hamburg

Von Flensburg und Niebüll aus gesehen am Kaiser-Wilhelm-Kanal, also bei Rendsburg.

Jens Petersen, Berlin

Liberale Zeitgenossen empfinden den Mittellandkanal als geographisch korrekte Grenze zwischen Nord- und Süddeutschland. Hartgesottene Norddeutsche mit ausgeprägtem

Realitätsbewußtsein wissen hingegen, daß Norddeutschland da endet, wo kein Leuchtturm mehr zu sehen ist. München und Frankfurt gehören mithin – schon wegen der für Deutsche nicht verständlichen Idiome – eher zu Italien als zu Deutschland.
Stefan Kunold, Bremen

Ganz einfach: Dort, wo die Schweiz aufhört. Wo Süddeutschland aufhört, ist dagegen schon schwieriger: Dort, wo Bayern anfängt, hört Süddeutschland auf jeden Fall auf, allerspätestens dort, wo man eher hessisch redet als rumschwäbelt.
Jörg Schönfeld, Ex-Freiburger aus Lüneburg

Ich weiß, daß für Hamburger Süddeutschland schon südlich der Elbe anfängt, aber das hieße, daß ich in Krefeld bei den Bayern leben würde. Ich meine, daß Süddeutschland ab Düsseldorf beginnt, weil die Leute dort so komisch drauf sind (Karneval, Modeschicki ...). Außerdem ist es größtenteils rechtsrheinisch, und da ist schon Bonn.
Jochen Krauße, Krefeld

Zur Beantwortung dieser Frage schlagen wir nach bei den Herren Goscinny und Uderzo in ihrem Asterix-Band »Der große Graben«, welcher bekanntlich als Parabel auf die Verhältnisse in Deutschland gelesen werden kann. Der tiefste und breiteste künstliche Graben, der Deutschland in Ost-West-Richtung durchschneidet und mithin in eine Nord- und eine Südhälfte teilt, ist der Nord-Ostsee-Kanal zwischen Kiel und Brunsbüttel. Die Fragestellerin wohnt also ganz sicher in Süddeutschland.

Ove Jensen, Oldenburg

Für Hamburger sind die Verhältnisse doch einigermaßen klar: Süddeutschland fängt bekanntlich hinter Hamburg an, wenn nicht gar in Hamburg selbst. Aber vielleicht ist die Fragestellerin ja aus Süddeutschland zugezogen, und da die Hamburger keinen Tag vergehen lassen, sich den Norden, Rudi Augstein und Heidi Kabel hochleben zu lassen, hat sie eventuell noch einige Schwierigkeiten mit den eigenartigen geographischen Vorstellungen der Bananen-Michels und Aal-Herberts, die sich in den Kolonien besser auskennen als jenseits des Elbtunnels. Sie stellen sich Hamburg sozusagen als Nullkoordinate der Geographie vor, und da Norden gut und Süden böse ist, fängt Süddeutschland rings um die Hansestadt an. Somit gehört aus dieser Sicht natürlich auch Schleswig-Holstein zum ideellen Gesamtsüddeutschland, mit Ausnahme von Travemünde vielleicht.

Hamburg selbst jedenfalls kann nicht in Süddeutschland liegen, gemessen am Wein, den die Ärmsten dort trinken müssen. Wenn es sich aber danach richtet, wo es nicht ständig regnet, dann fängt Süddeutschland wohl in Münster/Westfalen an, denn darüber heißt es schließlich: »Entweder es regnet oder es läuten die Glocken.« Aber es soll auch in Hamburg mal nicht geregnet haben.

Für die Wiesbadener fängt Süddeutschland mitunter in Mainz an. Da hier die Städte aber alle ineinander übergehen, ist man manchmal morgens auf der bösen Seite und mittags wieder auf der guten. Die Beschimpfungen in Richtung Süden gleichen denen in Hamburg. Vielleicht verschätzen sich

diese Leute aber genauso wie die Hamburger. Je länger ich darüber nachdenke, wird immer deutlicher, daß niemand in Süddeutschland sein Nest haben will.
In Wirklichkeit fängt Süddeutschland da an, wo die Leute kein »ch« mehr aussprechen können und »wie« und »als« verwechseln, in Köln also.
Albert Ernst, Wiesbaden

Seit ich von Lörrach nach Hamburg gezogen bin, höre ich diese Frage fast täglich. Aber nur von Hamburgern. Süddeutsche stellen solche Fragen nicht. Da bestehen keine Zweifel: Norddeutschland, das ist Hamburg und Sylt. Basta. Für Hanseaten hingegen ist alles außer Hamburg Dunkeldeutschland, das da beginnt, wo der Hamburger Verkehrs Verbund nicht mehr hinkommt.
Das wahre Süddeutschland, also Baden-Württemberg und Bayern, wird in Hamburg als Norditalien gehandelt und die Schweiz geflissentlich ignoriert. Aber eigentlich haben sie ja recht. Süddeutschland fängt da an, wo die Menschen wie retardierte Schweizer oder weichgespülte Österreicher sprechen, man sein Bier aber noch in DM bezahlen kann. Ich sag nur Strooßefescht und Brunzgschirr!
David Kraumendahl, Hamburg

Nach Zirkelschlag im alten Schulatlas stellte sich heraus, daß wir in Kassel so ziemlich in der Mitte liegen. Von diesem neutralen Standpunkt aus sollte sich die Frage doch eigentlich beantworten lassen. Zuerst wollten wir die Sache gütlich regeln, indem wir den Begriff »Mitteldeutschland« einführten, sozusagen als neutrale Pufferzone. Dies wurde allerdings schnell wieder verworfen, denn 1. ist der Terminus ungebräuchlich, und 2. – seien wir doch mal ehrlich – will niemand dieser geliebten Streitfrage auf derart lasche Weise aus dem Weg gehen. Also doch knallhart polarisieren: Wir wohnen an der Nordseite der Wilhelmshöher Allee, die Kassel als historische Achse in Ost-West-Richtung durchläuft. Zur Post und zum Bio-Markt müssen wir nach Süddeutschland zu den Bazis, dort sagt man »Grüß Gott« und »Samstag«, Edeka und Plus liegen auf unserer, also der Fischkopp-Seite, dort heißt es »moin-moin« und »Sonnabend«. Damit ist für uns der Fall erledigt.

WG Herkulesblick, Kassel

Ganz klar in Fulda. Normalerweise hat jeder Landkreis sein eigenes Hinweisschild. Auf Autobahnen weisen sogar große Schilder darauf hin, welches Bundesland man gerade verläßt und welches danach kommt. Aber warum ist gerade Fulda die Grenze zwischen Nord- und Süddeutschland? Glücklicherweise gibt es in Fulda nicht nur Katholiken und einen Bischof, sondern auch viele Studenten, und die kommen bekanntlich aus vielen Teilen Deutschlands. Da Fulda geographisch gesehen ziemlich in der Mitte von Deutschland liegt, hat das den witzigen Nebeneffekt, daß Studenten aus dem Süden von Deutschland Fulda als Norden bezeichnen, wogegen Studenten aus dem Norden Fulda eher als Süden bezeichnen. Außerdem fängt gleich hinter Fulda Bayern an. Ich schlage deshalb vor, an der Eingangstür vom Fulderer Dom ein großes Schild aufzuhängen: »Willkommen in Süddeutschland!«

Mario Stahr, Dresden

Die bisherigen Antworten sind alle a priori unwissenschaftlich, da in keiner die natürliche Grenze Süddeutschlands, der Weißwurstäquator, genannt wird. Der Weißwurstäquator wurde allerdings von den Schergen Helmut Kohls aus den Geographiebüchern entfernt, damit zusammenwächst, was eventuell zusammengehören sollte. Deshalb kann heute niemand mehr genau sagen, wo Süddeutschland beginnt. Guten Gewissens läßt sich nur noch sagen:

1. Bayern ist nicht Süddeutschland, sondern Bayern. Und sonst nix.
2. Süddeutschland beginnt da, wo Süddeutsche sich zu Hause fühlen. Wahrscheinlich verläuft der Weißwurstäquator daher durch die Pfosten des Schildes »Auf Wiedersehen in Hessen« an der A5.

Ralf Meindl, Freiburg

Der von Ralf Meindl ins Spiel gebrachte Weißwurstäquator bringt uns durchaus auf die richtige Spur. Entgegen allen Gerüchten ist dessen geographische Lage jedoch trotz 16 Jahren Kohl fixiert: Er verläuft durch Frankfurt am Main.

Till Westermayer, Freiburg

Die Frage ist a priori irrelevant. Denn Deutschland kann, leicht vereinfacht, eingeteilt werden in Bayern und Preußen. Und, lieber Ralf Meindl, es ist zumindest in Bayern noch durchaus bekannt, wo der Weißwurstäquator verläuft – allen Kohlschen Bestrebungen zum Trotz.

Der Weißwurstäquator ist mit der Donau gleichzusetzen, nicht, wie manche Zeitgenossen behaupten, mit dem Main. Denn diese falsche Behauptung basiert auf der durchsichtigen

Überlegung, die Franken an Bayern zu binden. Nördlich der Donau liegt nur die bayerische Enklave der Oberpfalz. Also, Bayern liegt südlich der Donau, und nördlich sind die Preußen, wobei die Franken so etwas wie eine neutrale Pufferzone darstellen.

Wolfgang Scheidt, München

Der geographische Anfang Süddeutschlands wird zwangsläufig markiert durch die Grenze Norddeutschlands. Entgegen landläufigen Meinungen und Vorurteilen läßt sich diese Abgrenzung jedoch keineswegs am imaginären Weißwurstäquator der Main-Linie festmachen. Vielmehr sind differenzierte Kriterien zur Bestimmung dieses elementaren Unterschieds anzuwenden.

1. Das politische Kriterium: Ausgehend von der Nordstaaten-Theorie, würde dies die Bundesländer Schleswig-Holstein, Hamburg, Bremen, Niedersachsen und Mecklenburg-Vorpommern umfassen.

2. Das NDR-Kriterium: Sendegebiet des Norddeutschen Rundfunks.

3. Das Drittel-Kriterium: Geht man davon aus, daß nach Norddeutschland zunächst ein zunehmend süddeutscher werdendes Übergangsgebiet kommt, so ergibt sich für dieses das gesamte Gebiet zwischen Hannover und Wiesbaden.

4. Das sportliche Kriterium: Preußen Münster spielt aus gutem Grund nicht in der Regionalliga Nord, Hessen Kassel dagegen spielt in der Regionalliga Süd, bevor es der Konkurs geholt hat.

5. Das sprachliche Kriterium: Wo spricht man Hochdeutsch? Auch hier bietet sich Hannover an: komplett dialektfrei. Man versteht sich.

6. Das Küsten-Kriterium: Nicht unproblematisch, müßte man doch bei einer gesetzten Höchstentfernung von 100 Kilometern zu Nord- und Ostsee eine höchst uneinheitliche Linie von Meppen bis Neubrandenburg ziehen.
7. Das Bier-Kriterium: Die engstmögliche Einteilung: Flensburg bis Bremen, da innerhalb dieser Grenzen mit Flens(burger Pilsener), Becks und Jever die besten Biere Deutschlands gebraut werden.
8. Das Toleranz-Edikt: Vertretbar erscheint letztlich eine äußerste Grenzziehung auf der Linie Osnabrück-Hannover-Braunschweig. Alles darüber Hinausgehende wäre beleidigend.
9. Und der Osten? Aus den neuen Ländern kann in der Tat nur Meck-Pomm akzeptiert werden. Brandenburg ist zu preußisch, Sachsen-Anhalt pauschal östlich, Sachsen ein Freistaat und Berlin Berlin.
10. Vechta: Ist das gallische Dorf mit umgekehrten Vorzeichen. Dort würde man mit absoluter Mehrheit CSU wählen, wenn man nur könnte. Wohnt man z.B. in Cloppenburg, beginnt Süddeutschland also in Vechta.

Christian Priemel, Delmenhorst/Freiburg

Tatsächlich gibt es nur eine präzise Antwort, nämlich: Süddeutschland fängt hinter Göttingen an. Wobei ich gestehen muß, daß zu Zeiten, als ich noch im unendlich weiten Ostfriesland wohnte und wenig Ahnung hatte, wie weit deutsche Lande sich nach Süden erstrecken, dachte, hinter Göttingen finge Süditalien an. Erst während meiner Trab- und Wanderjahre habe ich gemerkt, daß nach Göttingen noch ein ganzes Stück Bundesautobahn kommt. Erkenntnis: Das muß Süddeutschland sein!

Früher (vor 89) lag Göttingen ja auch ganz im Östlichen, und noch weiter östlich fängt Süddeutschland ja schon mal gar nicht an. Wo Süddeutschland westlich anfängt, würde ich (aus logischen Gründen westlich von Göttingen, also andere Seite) auf der Höhe von knapp vor Essen/Dortmund verorten.

Algeth Weerts, Bremen

Im Kopf.

Marcus Wolf, Hamburg

Bekanntermaßen ist ja die Pfalz der Nabel der Welt, somit – Schluß vom Größeren auf das Kleinere – auch die Mitte Deutschlands. Folglich beginnt Süddeutschland südlich davon!

Georg Litty, Deidesheim (Pfalz)

Die Grenze zwischen Nord- und Süddeutschland verläuft zwischen Aldi Nord und Aldi Süd. Leider kann man aus den zehn Aldi-Auto-Reisekarten nicht ersehen, wo diese Grenze genau ist.

Burghart Bannach, Wattberg

Abseits aller grundsätzlichen Überlegungen, kann die Frage nicht abschließend beantwortet werden. Ich möchte jedoch aus meiner persönlichen Erfahrung mehrere Arbeitshypothesen formulieren:
Süddeutschland ist: Samstag; Hackfleisch; Metzger; Schlappen; 0,4 bis 1,0 Liter (Fassungsvermögen der Biergläser).

Norddeutschland ist: Sonnabend; Gehacktes; Fleischer (oder vielleicht doch Schlachter?); Puschen; 0,2 bis 0,3 Liter (Fassungsvermögen der Biergläser).
Martin Stappel, Idstein

Es hilft nichts: Mit (verständlichen und gut begründeten) Sympathien oder Antipathien ist die Frage nicht endgültig zu beantworten. Viel objektiver ist da die Sprache. In den deutschen Dialekten gibt es nämlich eine untrügliche Grenze, die schärfer als jeder Weißwurstäquator Nord von Süd zu scheiden weiß: Die Appel/Apfel-Grenze. Wer »Appel« sagt, ist Norden; wer »Apfel« sagt, ist Süden, ganz einfach und ganz eindeutig (analog »kloppen/klopfen«, »zuppen/zupfen« usw. – also so ziemlich alles was mit »pf« geschrieben wird). Dummerweise hab' ich jetzt nicht parat, wo genau die pp/pf-Grenze verläuft, aber in Rheinland-Pfalz wohl irgendwo durch den Hunsrück, und weiter östlich wird's dann schon weitergehen. Einfach mal auf der Straße nachfragen. Man hört dann ja, ob man in Nord- oder Süddeutschland ist.
Tilman Lenssen-Erz, Köln

?

Die Frage stellte Katharina Schwietering, Hamburg

Warum ist der Gesangverein ein lieber Herr, und wie heißt er mit Vornamen?

1. Der Herr ist lieb, weil singende Männer nicht schießen. 2. Sein Vorname ist selbstverständlich Gotthilf.

Petra und Beate Niehaus

Ein lieber Herr ist er, weil er sich mit dem lieben Schwan, dem lieben Freund und Kupferstecher und mit dem lieben Scholli so gut versteht. Und mit Vornamen heißt er Karl-Heinz.

Lorenz Ritter, Hamburg

Der seit dem 17. Jahrhundert in dieser Form bekannte volkstümliche Ausruf »Mein lieber Herr Gesangverein!« ist wohl – wie so häufig in der Volkssprache – eine Verballhornung eines ganz und gar sinnverschiedenen Wortes. Für »Herr Gesangverein« gibt es zwei recht plausible Herleitungen:

1. Im Alt-Algenitischen wird Gott (resp. die bei den Algeniten verehrte eher pantheistische Einheit aller Dinge) auch als »Hir Geysan-Fin« bezeichnet; das bedeutet etwa »Allesertrotzender«. Reste dieses Sprachgebrauchs finden sich im Spätmittelalter noch bei einigen Wandervölkern im Siebenbürgischen. Somit bedeutete der Ausruf ursprünglich nicht mehr als »Ogottogott« – und hätte einen leichten Bedeutungswandel hinter sich.

2. Unter den Söldnerheeren des Dreißigjährigen Krieges war das mundartliche Trinklied »Vonnen Sinnen innen Kempf« äußerst beliebt. Im Refrain heißt es dort: »Meyn Libber, meyn

Libber, wat Kempf, hei, din Gesang vereynt, von Sinnen innen Kempf, hei!« Auch hier ist die lautmalerische Herleitung von »hei, din Gesang vereynt« (»Hey, dein Lied vereint uns!«) durchaus denkbar, wie bereits im letzten Jahrhundert ausführlich wissenschaftlich erörtert.

Dr. phil. Doris Mertmeier

Der Gesangverein ist ein lieber Herr, weil Gesangvereine in aller Regel aus Männern bestehen, und mit Vornamen heißt er natürlich Heinrich. Allerdings ist der Vorname unerheblich, weil sich die Herren im Gesangverein siezen und nicht duzen!

Dirk Löckmann, Rostock

Der liebe Herr Gesangverein ist meiner, und seinen Vornamen verrate ich nicht.

Julia Rieger, Nürtingen

Die Frage stellte Dietmar Sawitzki, Kiel

Was ist Fortschritt ?

Einem Herren aus Ratingen fällt eine, nach seinem Empfinden, sehr wichtige Frage ein. Er beschließt, diese Frage einem breiten Auditorium zu stellen, um Antwort zu erhalten. Er versucht, die Frage in gedruckter Form unters Volk zu bringen, und siehe, es gelingt. Am 24. Dezember 1998 findet er sie in einer überregionalen Tageszeitung abgedruckt, auf daß eine Antwort gegeben werde.

Am anderen Ende der Republik, in Hamburg nämlich, liest ein anderer Herr diese Frage und beschließt, seine Meinung in dieser Sache kundzutun. Er geht zu seinem tragbaren Computer, öffnet das »Internet Mail«-Programm, tippt in Windeseile eine Antwort ein, befiehlt »Nachricht senden« und wartet etwa eine Minute. In dieser Zeit öffnet die PCMCIA-Card irgendwelche Anschlüsse, stellt Verbindung zu einem anderen Computer in Berlin her, sendet die Nachricht durch harmlos aussehende Kabel und sorgt dafür, daß die Redaktion des Blattes die Zeilen innerhalb kürzester Zeit auf ihrem Computer lesen kann. Was relativ sinnlos ist, weil am Heiligabend um 17 Uhr dort wahrscheinlich niemand zugegen ist.

Aber immerhin: Das ist Fortschritt.

Lorenz Ritter, Hamburg

Das kann eigentlich nur der Fortschritt selbst beantworten. Leider ist er nie da, weil der »Fortschritt« ständig »fortschreitet«, also weggeht, damit nicht anzutreffen und folglich »nicht vorhanden« ist!

Holger Becker, Hamburg

Einer Auffassung nach, die früher als positivistisch abgelehnt wurde, befinden sich die sozialen – d.h. politischen, ökonomischen und moralischen – Institutionen, die uns zur Lösung von Problemen dienen, in einem Evolutionsprozeß, der im Prinzip nach den gleichen Spielregeln funktioniert wie die Evolution biologischer Systeme: Was sich nicht bewährt, setzt sich auf Dauer nicht durch.

»Fortschritt« liegt demnach allenfalls dann vor, wenn gravierende Fehlentwicklungen scheitern. Die verbreitete Vorstellung, wonach »Fortschritt« eine darüber hinaus gehende positive Entwicklung sei, wäre auf dieser Grundlage nichts weiter als die naive Hoffnung von Schafen, die Wölfe würden sich eines Tages vom Heil des Vegetarismus überzeugen lassen. Was übrigens aus Sicht der Salatköpfe eine ziemlich lausige Idee ist.

Da aber die heutigen VertreterInnen pietistischer Frömmigkeit, von ihren Gegnern fälschlicherweise als »grünalternative Gutmenschen« bezeichnet, diese weitgehende Idee von Fortschritt wie schon ihre christlichen, liberalen und marxistischen Vorgänger nicht aufheben können, weil sie als Begründung von Hirtenplanstellen und neumodischer Vegetarismuskampagnen für Wölfe herhalten muß, empfehle ich den aufklärerischen Taschenspielertrick, Fortschritt einfach zu begreifen als Vorgang, in dem sich möglichst viele Menschen (1) methodisch um die Annäherung an metaphysische Prinzipien wie »Wahrheit«, »Gerechtigkeit« und »Schönheit« bemühen, statt (leider nicht nur: meta-)physisch ihre Umwelt in »Gut« und »Böse« zu zersäbeln; (2) insbesondere mit dem Gedanken anfreunden, daß der Staat keine Einrichtung mit historischem oder nationalem Heilsauftrag ist, sondern schlicht ein Versicherungsunternehmen gegen einige individuelle Lebensrisiken sterblicher Menschen (mit

schlechten Tarifen, der Hirtenplanstellen und Wolfsedukation wegen).
Martin Rath, Langenfeld

Wenn wir uns das Wort genau ansehen, dann können wir feststellen, daß es aus zwei Wörtern besteht, nämlich »fort« und »Schritt«.
Damit unterscheidet es sich vom romanischen »Progreß«, pro heißt vor oder für, greß kommt von gredere = gehen. Was im Romanischen vor sich geht, schreitet im Germanischen fort, also weg. Folglich entfremdet sich in Deutschland dieser Prozeß von denen, die ihm nachgehen, im Romanischen gehen sie vor.
Für einen Eunuchen wiederum hat der Begriff eine völlig andere Bedeutung. Da ist der Schritt fort.
Claus Langbein, Kornwestheim

Fortschritt ist immer nur der Austausch eines Ärgernisses gegen ein neues!
Olaf Altenburg, Berlin

Diese Frage wurde von Laurie Anderson bereits 1989 in ihrem auf dem Album »Strange Angels« erschienenen Lied »The Dream Before (for Walter Benjamin)« beantwortet:
»She said: What is history?/ And he said: History is an angel / Being blown backwards into the future / He said: History is a pile of debris/ And the angel wants to go back and fix things / To repair things that have been broken / But there is a storm blowing from paradise / And the storm keeps blowing the an-

gel / Backwards into the future / And this storm, this storm / Is called Progress.«
Dem ist nichts hinzuzufügen.

Matthias Güldner, Bremen

Fortschritt ist, wenn man vorne plant und nicht weiß, was hinten dabei rauskommt.

Dr.-Ing. E.N. Fant, Hamburg

Die Frage stellte Jan Walter, Ratingen

Warum reißen Schnürsenkel immer dann, wenn man es eilig hat, und woher wissen sie, daß man's eilig hat?

Es kommt zu einer Aurainterferenz. Jeder Mensch ist von einer Aura umgeben. Da die Aura den Körper als Hülle umgibt, gerät beim Zubinden der Schnürsenkel die Aura der Hände in den Bereich der Fußaura. Bei einer Überlagerung der beiden Auren kommt es zu Interferenzerscheinungen, die sich auf die Struktur aller Gegenstände im Interferenzbereich negativ auswirken. Die Stärke der Aura ist exponentiell vom Streßkoeffizienten des Menschen abhängig. Bei extremem Streß kann die Aura sogar von normalen Menschen wahrgenommen und manchmal sogar gerochen werden. Wenn man es eilig hat, steht man unter Streß und hat eine starke Aura.
Daher werden sich die Interferenzeffekte verstärkt auf die Struktur der Schnürsenkel auswirken. Diese reißen dann nicht, sondern werden durch eine Aurainterferenz durchtrennt. Die Schnürsenkel werden nicht mehr reißen, wenn man sie bei Neumond mit geweihter Alufolie umwickelt.

Rolf Steinort, Hamburg

Prof. Dr. S. Senkel vom Institut Schuhverhalten im Alltag promovierte bereits 1985 über dieses interessante Phänomen. In seiner Schrift »Eile mit Weile – Der Schnürsenkel fordert Zeit« vertritt er die These, die streß- und laufgeplagten Schuhe ermutigten ihre Verbündeten – die Schnürsenkel – zum Streik. Gleichzeitig forderten sie mit dieser Zerreißprobe den

Schuhträger zu einem respektvolleren, sanfteren Umgang auf. Ziel der Schuhe sei es, den Schnürer zu einem bewußten Leben ohne Hast zu animieren.

Matthias Weiglein, Würzburg

Was viele nicht wissen, ist, daß Schnürsenkel eine Seele besitzen. Diese ist um einiges filigraner als die des meist klumpfüßigen Menschen, der sich diesen Umstand auch noch schamlos zunutze macht. Schnürsenkel wollen aus tiefster Überzeugung einfach nur das zusammenhalten, was zusammengehört. Sie sind bescheiden und verrichten unverdrossen ihren Dienst am Schuh. Dafür gebraucht sie der Mensch, ohne sich groß Gedanken um ihre Empfindungen zu machen. Was für Qualen erleiden sie, arbeiten sie an einem zu allem Überfluß mit bakterieller Zersetzung gesegneten Fuß! Ist der Mensch nun in Eile, läßt er dem Senkel eine über das gewohnte Maß – Senkel sind sehr leidensfähig – hinausgehende ruppige Behandlung zuteil werden, so daß dieser – in seinem tiefsten Inneren gekränkt – sich in die Abgründe der Schnürung zurückzieht. Was von seinem sonst so kräftigen Charakter zurückbleibt, sind die faserigen, haltlosen Enden in den Klauen seines Folterers. Es ist nun nicht so, daß bereits dieser Rückzug des Senkels in sein Inneres ausreichen würde, unter normalen Umständen zum Senkel-GAU zu führen. Nein, denn jetzt entblößt der Mensch seinen wahrhaft bösartigen Charakter! Seine Schnürsenkelsensoren zeigen ihm an, daß er es mit einem geschwächten und leichten Opfer zu tun hat! Diese Sensoren sind durchaus biologischer Natur, wenngleich die Schnürsenkelsensorforschung noch in den Kinderschuhen steckt. Als soziologischer Beweis mag das dubiose Aufkommen des Klettverschlusses in den durch vie-

lerlei Irritationen gekennzeichneten achtziger Jahren und sein ebenso schnelles Verschwinden dienen.
Es ist also von einem starken sensorischen Beziehungsgeflecht Mensch-Schuh-Schnürung auszugehen. Weitere Feldforschungen wären hier allerdings dringend nötig! Die Sensorinformationen werden wahrscheinlich durch irgendeinen Hirnbürzel, der es sich unterm großen Hirnlappen gemütlich gemacht hat, verarbeitet und von dort direkt an das Aggressionszentrum weitergeleitet. Dieses erkennt dann einen leichten Gegner, an dem es sich mal so richtig austoben kann. Der Mensch reißt also absichtlich, und das muß in dieser Deutlichkeit einmal gesagt werden, den geschwächten Schnürsenkel ab, um ihn zu demütigen, sich über ihn aufzuregen und sich selbst dann noch wie Schwarzenegger fühlen zu können.
Joachim Stretz, Berlin

Auch Schopenhauer wollte sich einst mit dieser Frage befassen, aber es war ihm die Tinte ausgegangen. Und als sie beschafft war, sprang er mit beiden, unbesenkelten Füßen in die »Welt als Wille und Vorstellung« und notierte in einer Fußnote zu den »Paralipomena«, daß »Schnürsenkel ihrer Natur gemäß zum Reißen neigen und ein Nachdenken hierüber blöde sei«.
Klaus F. Weiss, Nürnberg

Beim Schnürsenkel handelt es sich um ein äußerst sensibles Lebewesen, das Biologen als »Einnervler« bezeichnen und nur aus einem Nerv besteht. Wenn dieser nun »zum Zerreißen gespannt« ist, kommt es vor, daß dieses ruhebedürftige und friedliebende Lebewesen der Belastung nicht mehr standhalten kann. Dabei muß man beachten, daß sich Schnürsenkel in zwei Rassen und diese sich in je zwei Untergruppen aufteilen.

Der feinfühligste Schnürsenkel ist der Senkelus extraordinarius, der sich durch ein rundes Äußeres und die Gewohnheit auszeichnet, nicht nur durch Ösen, sondern auch um Haken herumzuschlüpfen. Sobald er auch nur die geringste »Streßschwingung« wahrnimmt, leidet er unsäglich, manchmal bis zum Zerreißen. Deshalb ist der Bergsteigerstiefel sein bevorzugter Lebensraum. Sein Vetter, Senkelus extraordinarius elegantus, der sich im allgemeinen damit begnügt, durch Ösen zu ziehen (und nur selten in der Umgebung von Häkchen gesichtet wird), ist zwar schmaler, jedoch wesentlich zäher, weshalb sein Lebensraum der klassisch-elegante urbane Straßenschuh ist. Doch hält letzterer noch lange nicht so viel aus wie der Bandelus sportivus – flach und ösengängig – oder dessen Vetter Bandelus laborus, der sich auch einmal an Haken heranwagt. Ersterer hat mit dem – oft unterschätzten – Freizeitstreß zu kämpfen, während letzterer nur in seinem natürlichen Lebensraum, dem stahlbekappten Arbeitsschuh, voll ausgelastet ist.

Man sollte sich also ca. 25 Paar Schuhe anschaffen, darunter auch senkellose, damit unsere Sorgenkinder auch mal zur Ruhe und zum innerartlichen Austausch mit Riemen, Schnallen und Klettverschlüssen kommen. Auf diese Weise gepflegt, leisten mir meine Schnürsenkel schon seit Jahren treue Dienste, was den Mitbenutzern meines Schuhschranks ziemlich auf den Senkel geht. (Man beachte die Indikation: »Senkel« als Synonym für »Nerv«.)

Carolin Zeitler, München

Der gemeine Senkel weiß natürlich überhaupt nicht, wann man es eilig hat. Er verhält sich nur ähnlich einer Bandscheibe, die, durch jahrelange Benutzung vorverschlissen, in dem Moment vorzufallen geruht, da ihr/e BesitzerIn eine Getränkekiste anhebt. (Wobei es übrigens der Bandscheibe völlig schnurz ist, welches Getränk sich in besagter Kiste befindet.)
Der vorgeschädigte Senkel reißt selbstverständlich deswegen, weil man, wenn man eilig zum Zug muß, eben einen höheren solchen entwickelt.
Aus dem Amerikanischen kennen wir die sogenannte unhappy doublebind situation: Durch eine unkontrollierte Bückbewegung beim eiligen Senkelbinden hervorgerufener Bandscheibenvorfall mit Senkelriß. Therapie: Mokassins und Krankengymnastik.

Hans Reinhold, Bispingen

Die Frage stellte Tobias Dittrich, Hamburg

Warum heißt derjenige immer »Teufel«, von dem man gerade spricht und der dann im selben Augenblick auftaucht?

Wenn der Mensch, von dem ich gerade spreche, plötzlich unerwartet auf der Bildfläche erscheint, dann ist natürlich Magie im Spiel. Und Magie – haben wir ja von der Kirche gelernt – ist des Teufels. Die Frage, ob er kommt, weil er weiß, daß ich von ihm spreche, oder ob er, weil er kommen will, mich veranlaßt, von ihm zu sprechen, ist nur von Teufeln oder von Inquisitoren zu beantworten. Es gibt aber noch eine dritte Möglichkeit: Ich selber spreche den Menschen magisch herbei, bin also selbst des Teufels, lenke natürlich nach Teufelsart davon ab und zeige auf den, der kommt. Denn der Böse ist ja immer der andere. Das fanden auch die Inquisitoren.

Barbara Gohlke-Paul, Hamburg

Stimmt nicht! Der- oder diejenige heißt nie »Teufel«, sondern Heinz, Albert, Uschi usw. Da man sich aber gerade über sie das Maul zerreißt bzw. sie solchermaßen vorführt, sind sie als ZuhörerInnen nicht willkommen (ebensowenig wie der Teufel). Warum sie aber gerade dann auftauchen, wenn man über sie spricht, hat wahrscheinlich mit dem »Vorführeffekt« zu tun, denn: Wer läßt sich schon gerne vorführen?

Gerd Neurath, Saarbrücken

Das Erscheinen derjenigen genau in dem Moment, da wir über sie lästern, wird von modernen Theologen gern als »gesprächs-

regulativer Gottesbeweis« angesehen. Es schützt uns nämlich vor dem ebenso verlockenden wie sündigen Verstoß gegen das Gebot »Du sollst deinem Nächsten nicht übel nachreden«.
Unsere innere Auflehnung gegen diesen göttlichen Eingriff dürfte dazu geführt haben, daß wir den Erscheinenden voller Trotz zum »Teufel« machen. (Freilich müssen wir ja auch die peinliche Gesprächspause möglichst elegant füllen.)
Gegenstand der aktuellen Forschung ist das göttliche Dilemma, einen Erdenmenschen nicht an zwei Orte gleichzeitig entsenden zu können. Dies ist dann auch der Grund, warum wir doch oft ohne Unterbrechung über jemanden herziehen können, ohne daß dieser teufelsgleich erschiene. Wir dürfen vermuten, daß er im gleichen Moment woanders noch heftigerer Lästerei ausgesetzt ist und Gott Prioritäten setzen muß.

Karl Hübner, Hamburg

Der nicht Anwesende ist deswegen der Teufel, weil er gerade woanders ist aus dem Grund, weil er die anderen meidet (meinen die anderen), und da man als Teufel unter Teufeln gern den nicht anwesenden verteufelt und dieser sich als Teufel gern zu den anderen Teufeln gesellt – da sich ja bekanntlich gleich und gleich gern gesellt –, will es das Schicksal, daß die teuflische Situation des Redens über den nicht anwesenden Teufel noch teuflischer wird durch das Zusammentreffen der beiden Ereignisse, nämlich des Eintreffens des Verteufelten in die verteufelte Situation des Verteufelns des Verteufelten durch die Teuflischen.

Markus Krücke, Eckernförde

Die Frage stellte Uwe Börger, Idstein

Warum bekommt derjenige eine böse Schwiegermutter, dessen Tortenstück beim Auftun auf den Teller umfällt ?

Das Tortenstück symbolisiert das Schicksal. Fällt das Tortenstück beim Auftun um, so bedeutet das Unheil für den Empfänger – ähnlich wie bei der zufälligen Begegnung mit einer schwarzen Katze, die von links nach rechts (»bringt Schlecht's«) bzw. rechts nach links (»Unglück bringt's«) den Weg eines ahnungslosen Spaziergängers kreuzt. Ob Torte oder Katze, das Entscheidende dabei ist, daß weder Kuchenesser noch Wanderer das eigene Schicksal in der Hand halten, das Unglück ist so oder so vorherbestimmt. Im Fall der Kaffeetafel kann man die Macht des Schicksals allerdings nicht nur beim Namen nennen – was bei streunenden Katzen seltener vorkommt –, hier kann man noch ein wenig Einfluß nehmen: zum Beispiel »Sei bloß vorsichtig mit meinem Stück!« rufen oder schlicht die Annahme des Tellers mit dem gekippten Tortenstück verweigern. Und dann kann man natürlich auch noch zur Sicherheit Junggesellin bleiben.

Doris Borrati, Berlin

Aus dem gleichen Grunde, aus dem diejenige eine böse Schwiegermutter bekommt, deren Beine rechts und links eines Tischbeins stehen.

Britta Sutorius, Berlin

Jedes Tortenstück fällt beim Auftun um. Und jeder bekommt eine böse Schwiegermutter. Nur wer sich so unnatürlich breite Tortenstücke einverleibt, daß sie nicht umfallen können, bekommt – sei es wegen Fettleibigkeit oder schlechter Tischmanieren – keine Frau ab. Und damit auch keine (böse) Schwiegermutter. Für alle anderen hingegen ist beides leider unvermeidlich.

Arno Lehmann, Oldenburg

Die Frage stellte Silke Breiten

Warum sind Baulöwen Löwen, Kredithaie aber Haie ?

Die Differenzierung zwischen Baulöwen und Kredithaien deutet auf das feine Gespür der Sprachgemeinschaft bei der Rezeption evolutionstheoretischer Erkenntnisse. Seit dem Aufkommen der Evolutionstheorie wird ja die Frage erörtert, ob die Evolution das ethische Verhalten der Menschen prägt, oft zugespitzt auf das Altruismus-Problem: Gibt es menschliche Selbstlosigkeit trotz oder wegen der biologischen Evolution? Und wie uneigennützig sind Menschen eigentlich? Der Evolutionsbiologe Edward Wilson kam zu dem Schluß, daß die Menschen in der Stärke des Altruismus auf einer gedachten Skala von Ameisen (äußerst altruistisch) bis Haien (äusserst egoistisch) irgendwo in der Mitte zu verorten seien. Einzelne Exemplare der Spezies weichen dabei natürlich, im Rahmen der Gaußschen Normalverteilung, von der Mitte ab: Der Baulöwe etwa profitiert von Kapital, sprich der Arbeit anderer, zeigt aber, wie der Löwe in der Savanne, immerhin eine Spur Gemeinschaftssinn, da er ja Wohn- und Arbeitsraum schafft. Der Kredithai dagegen schwimmt, ethisch betrachtet, am äußersten Rand der Gesellschaft: Ihm ist egal, wo und wieviel Blut fließt, solange die Bilanz stimmt.

Martin d'Idler, Marburg

Baulöwen sind fleischfressende Großkatzen. Sie leben im Rudel; die Baulöwinnen jagen in den Savannen für den Baulöwen den Bau und reißen diesen schließlich nieder, so daß der Baulöwe ihn – den Bau – dann fressen kann. Der

Kredithai dagegen ist ein Knorpelfisch. Er jagt allein. Auf seiner Nasenspitze trägt er ein rotes Licht. Das ist der sogenannte Kredit. Kleinere Fische werden durch ihn angelockt, zum Beispiel Zander, Viktoriabarsche, Red Snapper oder Zitteraale. Wenn diese nach dem Kredit schnappen, reißt der Kredithai sein zahnbewehrtes Maul auf und frißt sie. Beim Zitteraal hat der Kredithai allerdings Pech: Kaum hat er ihn hinuntergewürgt, trifft ihn – den Hai – der elektrische Schlag. So lehrt der Aal den Kredithai das Zittern.

Bert G. Fragner, Bamberg

?

Die Frage stellte Ulrike Merger, Berlin

Warum heiraten Spätaufsteher regelmäßig Frühaufsteherinnen, während sich Spätaufsteherinnen stets mit Frühaufstehern zusammentun?

Weil Heteros immer auf Gegensätze fixiert sind.
Claudia Kimmel, Berlin

Diese Leute handeln instinktiv intelligent, denn sie verwirklichen die Behauptung, daß Gegensätze sich anziehen. Sie planen dabei das eheübliche Streitpotential mit ein, das in allen Fällen mit fatalistischem Achselzucken endet, also stets schadlos verpuffen kann. Gleichzeitig haben sich diese Leute den nötigen Freiraum eingeplant. Der Frühaufsteher genießt die Ruhe vor der Ehe, die erst wieder beginnt, wenn die Spätaufsteherin schlechtgelaunt erwacht. Aber auch die Langschlafende genießt den Schlaf bis zum Zusammentreffen mit dem viel zu lebendigen »verrückten« Frühaufsteher. Eine ganze Ehe lang kann sich jeder dem anderen überlegen fühlen wärhend einer (Tages-)Zeit, in der man dem Partner nicht begegnet und sich nicht stören kann. Ist das nicht ein Grund, sich zusammenzutun?
Winfried Sdun, Hamburg

Untaugliche, überkommene Idealvorstellungen des Über-Ichs von der Ehe zwingen das Bewußtsein des Ichs, sich des angesprochenen Umstandes zu schämen. Aber die Macht des Es über das Unterbewußtsein führt bei der Partnerwahl die wirklich nützlichen und lustvollen Beweggründe ins Feld, die in der Regel obsiegen. Hier ist zunächst die Tatsache zu nennen, daß beide Partner jeden Tag einige Zeit – morgens bzw. abends – allein sein können: Mann und Frau können sämtliche gemeinsamen Ressourcen wie Telefon, Fernseher und Kartoffelchips exklusiv in Anspruch nehmen. Alle vom Partner mißbilligten Verhaltensweisen sind erlaubt: Ein Paradies wie zu Singlezeiten ohne Kompromißprämisse tut sich auf und gibt Kraft für den Alltag. Die unterschiedlichen Tagesrhythmen bieten aber auch einen idealen Nebenkriegsschauplatz, wann immer vermeintliche Gefahr im Anzug ist. Das Risiko, daß eineR von beiden seine Schlafgewohnheiten ändert, ist praktisch ausgeschlossen. Man kann sich also endlos streiten.

Wolfgang Lewald, Kiel

Die Frage stellte Prof. Dr. Martin Jänicke

Wie landen Fliegen auf der Zimmerdecke? Fliegen sie eine Zeitlang auf dem Rücken – oder drehen sie sich kurz vor dem Aufsetzen um ?

Wenn ich mich richtig erinnere, ging das so: im steilen Winkel Richtung Decke, kurz vorher stark verlangsamen, gleichzeitig vorderes Beinpaar nach vorne/oben strecken (neben die Augen), an der Decke festsaugen und ausruhen oder rumlaufen. Ist ganz einfach.

K. Latsche (selber mal Fliege gewesen)

Die Fliegen fliegen ganz nah an die Zimmerdecke. Und damit ihnen nicht schwindelig wird, krempeln sie sich eben um.

Jutta Walter

Ich bin bekennender »Maus«- und »Peter-Lustig«-Fan. Als solcher weiß ich natürlich, daß Fliegen sich kurz vor der Landung an der Zimmerdecke umdrehen. Zuerst greifen dabei die Vorderbeine, anschließend folgt der Rest. Wer's nicht glaubt, sollte mehr Peter Lustig gucken (die Sendung heißt »Der Fliegologische Kongreß«).

Dirk Kähler, Norderney

Die Frage stellte Isabel Kurz, Gera

Was ist jenseits von Gut und Böse?

Das Gute ist der Himmel (z.B. Frau Holle und der Herr Aloisius), das Böse ist die Hölle. Jenseits von Gut und Böse ist also die Erde, auf der die Menschen leben, bis sie jenseits ins Gute (Himmel) oder ins Böse (Hölle) auf- oder niederfahren.

Karl Adam Nierstheimer, Frankfurt am Main

Die Frage stellte Siegfried Grimm, Trittau

Renner für Männer

Astrid Christina Richtsfeld
So macht Mann brave Mädchen wild *Der ultimative Erotik-Guide*
(rororo sachbuch 60680)

Christian Buchholz / Peter Loycke
Scheidungsratgeber von Männern für Männer
(rororo sachbuch 60861)
Dieser Band behandelt alle wesentlichen Fragen zum Thema Scheidung und Trennung. Er enthält auch Informationen über die geltenden gesetzlichen Neuregelungen zum Kindschaftsrecht und zur elterlichen Sorge.

Katharina Butz / Detlef Icheln
Penis pur *Was Männer wissen wollen*
(rororo sachbuch 60691)
«Penis pur» ist der erste Guide, der alle Fragen über das wichtigste Körperteil des Mannes kompetent und unterhaltsam beantwortet. Katharina Butz ist freie Medizinjournalistin, Trägerin verschiedener Journalistenpreise und Autorin für «Men's Health». Detlev Icheln ist Ressortleiter der Gesundheitsredaktion von «Mens Health».

Wolfgang Melcher
Der Survival-Guide: Was echte Männer können müssen
(rororo sachbuch 60860)
Dieser Band ist nicht nur spritzig und amüsant geschrieben, er ist vor allem nützlich: Denn hier steht, wie der Knopf am Hemd leicht wieder angenäht, die neue Kollegin bald erobert und die Gehaltserhöhung gewinnbringend angelegt ist.

rororo sachbuch

Gisbert Redecker
Sex zwischen den Ohren *Das Gehirn als erogene Zone*
(rororo sachbuch 60682)
Gisbert Redecker ist Verhaltenstherapeut. Sein Arbeitsschwerpunkt ist die Paar- und Sexualtherapie.

Astrid Wronsky
Du siehst gut aus! *Der Pflege-Guide für Männer*
(rororo sachbuch 60848)
Die Zeiten, in denen man bei den Männern außer ihrer Zahnbürste vielleicht noch einen Rasierapparat im Bad finden konnte, sind lange vorbei, denn: ein gepflegter Body ist angesagt. Aber keine Panik, Männer! Wie so oft, sind es die einfachen, kleinen Tricks, die die Attraktivität fördern. All das findet sich in diesem Pflege-Guide.

Weitere Informationen in der **Rowohlt Revue**, kostenlos im Buchhandel, und im Internet: **www.rororo.de**

Auf gut Deutsch

Hertha Beuschel-Menze /
Frohmut Menze
Die neue Rechtschreibung
Wörter und Regeln leicht gelernt
(rororo sachbuch 60788)

So schreibt man das jetzt! *Die neue Rechtschreibung*
(rororo sachbuch 60172)
Ab dem Jahr 2002 gelten in Deutschland, Österreich und der Schweiz vereinfachte Normen für Rechtschreibung und Interpunktion. Zwei erfahrene Deutschlehrer haben die neuen Regeln ins Jedermanndeutsch übertragen und sich auf die bedeutsamen Änderungen konzentriert.

Horst Fröhler
Das ändert sich: alle Wörter mit neuer Rechtschreibung
Alphabetisch aufgeführt und nach Gruppen geordnet
(rororo sachbuch 60384)

A. M. Textor
Sag es treffender *Ein Handbuch mit 25 000 sinnverwandten Wörtern und Ausdrücken für den täglichen Gebrauch. In neuer Rechtschreibung.*
(rororo handbuch 60862)
Auf Deutsch *Das Fremdwörterlexikon*
Über 20 000 Fremdwörter aus allen Lebensgebieten. In neuer Rechtschreibung.
(rororo handbuch 60863)
Zwei Standardwerke in vollständig überarbeiteter und erweiterter Neuauflage.
Sag es treffender / Auf Deutsch
2 Bände, eingeschweißt
Sonderausgabe
In neuer Rechtschreibung
(60696)

3605/6

rororo sachbuch

Wolf Schneider
Deutsch fürs Leben *Was die Schule zu lehren vergaß*
(rororo sachbuch 19695)
Ein Deutschkurs, insbesondere für Schreiber, aber auch für Leser und alle, für die das Lernen nach der Schule nicht aufhört. Wolf Schneider erhielt 1994 den Medienpreis für Sprachkultur.

Wolf Schneider /
Paul-Josef Raue
Handbuch des Journalismus
(rororo sachbuch 60434)
Wie werde ich Journalist? Die Autoren helfen mit diesem Handbuch bei allen Fragen zur Aus- und Fortbildung von Journalisten.

Weitere Informationen in der **Rowohlt Revue**, kostenlos im Buchhandel, oder im **Internet: www.rororo.de**